汪曾祺小全集

朝清供

汪曾祺 著

汪朗 王干 主编

江苏凤凰文艺出版社

图书在版编目（CIP）数据

岁朝清供/汪曾祺著；汪朗，王干主编. — 南京：江苏凤凰文艺出版社，2024.8（2025.7重印）
（汪曾祺小全集）
ISBN 978-7-5594-6803-1

Ⅰ.①岁… Ⅱ.①汪…②汪…③王… Ⅲ.①散文集—中国—当代 Ⅳ.①I267

中国版本图书馆CIP数据核字（2022）第074964号

岁朝清供

汪曾祺 著　　汪朗、王干 主编

出版人	张在健
策　　划	李　黎　王　青
责任编辑	孙建兵　李珊珊　胡　泊
特约编辑	王晓彤
责任印制	杨　丹
出版发行	江苏凤凰文艺出版社
	南京市中央路165号，邮编：210009
网　　址	http://www.jswenyi.com
印　　刷	江苏扬中印刷有限公司
开　　本	889毫米×1194毫米　1/32
印　　张	7.25
字　　数	100千字
版　　次	2024年8月第1版
印　　次	2025年7月第2次印刷
书　　号	ISBN 978-7-5594-6803-1
定　　价	298.00元（全10册）

江苏凤凰文艺版图书凡印刷、装订错误，可向出版社调换，联系电话 025-83280257

目录

001　沈从文和他的《边城》
028　关于《受戒》
036　《汪曾祺短篇小说选》自序
039　中国戏曲有没有间离效果
042　高英培的相声和埃林·彼林的小说
045　小说笔谈
054　作家五人谈
059　《大淖记事》是怎样写出来的
069　两栖杂述
082　关于现阶段的文学
104　小说创作随谈
120　关于小小说

123	传神
131	谈谈风俗画
144	流派要发展,要有新剧目
	——读李一氓《论程砚秋》有感
148	细节的真实——习剧札记
152	张大千和毕加索
156	浅处见才——谈写唱词
175	酒瓶诗画
177	书画自娱
180	自得其乐
191	徐文长论书画
203	谈题画
206	岁朝清供
210	创作的随意性
212	题画三则
215	《中国京剧》序
223	好人平安——马得及其戏曲人物画

沈从文和他的《边城》

《边城》是沈从文先生所写的唯一的一个中篇小说。说是中篇小说，是因为篇幅比较长，约有六万多字；还因它有一个有头有尾的故事——沈先生的短篇小说有好些是没有什么故事的，如《牛》《三三》《八骏图》……都只是通过一点点小事，写人的感情、感觉、情绪。

《边城》的故事甚美也很简单：茶峒山城一里外有一小溪，溪边有一弄渡船的老人。老人的女儿和一个兵有了私情，和那个兵一同死了，留下一个孤雏，名叫翠翠，老船夫和外孙女相依为命地生活着。茶峒城里有个在水码头上掌事的龙头大哥顺顺，顺顺有两个儿子，天保和傩送，两兄弟都爱上翠翠。翠翠爱二老傩送，不爱大老天保。大老天保在失望之下驾船往下游去，失事淹死；傩送因为哥哥的死在心里结了一个难解疙瘩，也驾船出外了。雷雨之夜，渡船老人死了，剩下翠翠一个人。傩送对翠翠的感情没有变，但是他一直没有回来。

就这样一个简单的故事，却写出了几个活生生的人物，写了一首将近七万字的长诗！

因为故事写得很美，写得真实，有人就认为真有那么一回事。有的华侨青年，读了《边城》，回国来很想到茶峒去看看，看看那个溪水、白塔、渡船，看看渡船老人的坟，看看翠翠曾在哪里吹竹管……

大概是看不到的。这故事是沈从文编出来的。

有没有一个翠翠？

有的。可她不是在茶峒的碧溪岨，是泸西县一个绒线铺的女孩子。

《湘行散记》里说：

"……在十三个伙伴中我有两个极好的朋友……其次是那个年纪顶轻的，名字就叫'傩右',一个成衣人的独生子,为人伶俐勇敢,希有少见……这小孩子年纪虽小,心可不小!同我们到县城街上转了三次,就看中一个绒线铺的女孩子,问我借钱向那女孩子买了三次白棉线草鞋带子……那女孩子名叫'翠翠',我写《边城》故事时,弄渡船的外孙女,明慧温柔的品性,就从那绒线铺小女孩脱胎而来。"

她是泸西县的么?也不是。她是山东崂山的。

看了《湘行散记》,我很怕上了《灯》里那个青衣女子同样的当,把沈先生编的故事信以为真,特地上他家去核对一回,问他翠翠是不是绒线铺的女孩子。他的回答是:

"我们(他和夫人张兆和)上崂山去,在汽车里看到出殡的,一个女孩子打着幡。我说:这个我可以帮你写个小说。"

幸亏他夫人补充了一句:"翠翠的性格、形象,是绒线铺那个女孩子。"

沈先生还说:"我生平只看过那么一条渡船,

在棉花坡。"那么,碧溪岨的渡船是从棉花坡移过来的。棉花坡离碧溪岨不远,但总还有一个距离。

读到这里,你会立刻想起鲁迅所说的脸在那里,衣服在那里的那段有名的话。是的,作家酝酿人物形象和故事情节是一个很复杂的过程。一九五七年,沈先生曾经跟我说过:"我们过去写小说都是真真假假的,哪有现在这样都是真事的呢。"有一个诗人很欣赏"真真假假"这句话,说是这说明了创作的规律,也说明了什么是浪漫主义。翠翠,《边城》,都是想象出来的。然而必须有丰富的生活经验,积累了众多的印象,并加上作者的思想、感情和才能,才有可能想象得真实,以至把创造变得好像是报导。

沈从文善于写中国农村的少女。沈先生笔下的湘西少女不是一个,而是一串。

三三、夭夭、翠翠,她们是那样的相似,又是那样的不同。她们都很爱娇,但是各因身世不同,娇得不一样。三三生在小溪边的碾坊里,父亲早死,跟着母亲长大,除了碾坊小溪,足迹所到最远处只是堡子里的总爷家。她虽然已经开始有了一个少女对于"人生"朦朦胧胧的神往,但究竟是个孩子,浑不解事,娇得有点痴。夭夭是个有钱的橘子园主人的幺姑娘,一家子都宠着她。她已经订了婚,未婚夫是个在城里读书的学生。她可以背了一个特别精致的背篓,到集市上去采购她所中意的东西,找高手银匠洗她的粗如手指的银练子。她能和地方上的小军官从容说话。她是个"黑里俏",性格明朗豁达,口角伶俐。她很娇,娇中带点野。翠翠是个无父无母的孤雏,她也娇,但是娇得乖极了。

用文笔描绘少女的外形,是笨人干的事。沈从文画少女,主要是画她的神情,并把她安置在一个颜色美丽的背景上,一些动人的声音当中。

……为了住处两山多竹篁,翠色逼人而来,老船夫随便给这个可怜的孤雏,拾取了一个近身的名字,叫做翠翠。

翠翠在风日里长养着,把皮肤变得黑黑

的，触目为青山绿水，一对眸子清明如水晶，自然既长养她且教育她。为人天真活泼，处处俨然如一只小兽物。人又那么乖，和山头黄麂一样，从不想到残忍事情，从不发愁，从不动气。平时在渡船上遇陌生人对她有所注意时，便把光光的眼睛瞅着那陌生人，作成随时都可举步逃入深山的神气，但明白了面前的人无机心后，就又从从容容来完成任务了。

风日清和的天气，无人过渡，镇日长闲，祖父同翠翠便坐在门前大岩石上晒太阳，或把一段木头从高处向水中抛去，嗾使身边黄狗从岩石高处跃下，把木头衔回来；或翠翠与黄狗皆张着耳朵，听祖父说些城中多年以前的战争故事；或祖父同翠翠两人，各把小竹作成的竖笛，逗在嘴边吹着迎亲送女的曲子，过渡人来了，老船夫放下了竹管，独自跟到船边去横溪渡人。在岩上的一个，见船开动时，于是锐声喊着：

"爷爷，爷爷，你听我吹，你唱！"

爷爷到溪中央于是很快乐的唱起来，哑哑的声音，振荡寂静的空气里，溪中仿佛也热闹了些。实则歌声的来复，反而使一切更加寂静。

篁竹、山水、笛声，都是翠翠的一部分，它们共同在你们心里造成这女孩子美的印象。

翠翠的美，美在她的性格。

《边城》是写爱情的，写中国农村的爱情，写一个刚刚进入青春期的农村女孩子的爱情。这种爱是那样的纯粹，那样不俗，那样像空气里小花、青草的香气，像风送来的小溪流水的声音，若有若无，不可捉摸，然而又是那样的实实在在，那样的真。这样的爱情叫人想起古人说得很好，但不大为人所理解的一句话：思无邪。

沈从文的小说往往是用季节的颜色、声音来计算时间的。

翠翠的爱情的发展是跟几个端午节联在一起的。

翠翠十五岁了。

端午节又快到了。

传来了龙船下水预习的鼓声。

蓬蓬鼓声掠水越山到了渡船夫那里时,最先注意到的是那只黄狗。那黄狗汪汪的吠着,受了惊似的绕屋乱走;有人过渡时,便随船渡过河东岸去,且跑到那小山头向城里一方面大吠。

翠翠正坐在门外大石上用粽叶编蚱蜢、蜈蚣玩,见黄狗先在太阳下睡着,忽然醒来便发疯似的乱跑,过了河又回来,就问它骂它:

"狗、狗,你做什么!不许这样子!"

"可是一会儿那远处声音被她发现了,她于是也绕屋跑着,并且同黄狗一块儿渡过了小溪,站在小山头听了许久,让那点迷人的鼓声,把自己带到一个过去的节日里去。"

两年前的一个节日里去。

作者这里用了倒叙。

两年前,翠翠才十三岁。

这一年的端午,翠翠是难忘的。因为她遇见了傩送。

翠翠还不大懂事。她和爷爷一同到茶峒城里去看龙船,爷爷走开了,天快黑了,看龙船的人都回家了,翠翠一个人等爷爷,傩送见了她,把她还当一个孩子,很关心地对她说了几句话,翠翠还误会了,骂了人家一句:"你个悖时砍脑壳的!"及至傩送好心派人打火把送她回去,她才知道刚才那人就是出名的傩送二老,"记起自己先前骂人那句话,心里又吃惊又害羞,再也不说什么,默默地随了那火把走了。"到了家,"另外一件事,属于自己不关祖父的,却使翠翠沉默了一个夜晚。"这写得非常含蓄。

翠翠过了两个中秋,两个新年,但"总不如那个端午所经过的事甜而美"。

十五岁的端午不是翠翠所要的那个端午。"从祖父和那长年谈话里,翠翠听明白了二老是在下游六百里外沅水中部青浪滩过端午的。"未及见二老,倒见到大老天保。大老还送他们一只鸭子。回家时,祖父说:"顺顺真是好人,大方得很。大老也很好。这一家人都好!"翠翠说:"一家人都好,你认识他们一家人吗?"祖父不明白这句话的意思所在,聪明的读者是明白的。路上祖父说了假如大老请人来做媒的笑话,"翠翠着了恼,把火炬向路两旁乱晃着,向前快快的走去了。"

"翠翠,莫闹,我摔到河里去了,鸭子会走脱的!"

"谁也不希罕那只鸭子!"

翠翠向前走去,忽然停住了发问:

"爷爷,你的船是不是正在下青浪滩呢?"

这一句没头没脑的问话,说出了这女孩子的心正在飞向什么所在。

端午又来了。翠翠长大了,十六了。

翠翠和爷爷到城里看龙船。

未走之前,先有许多曲折。祖父和翠翠在三天前业已预先约好,祖父守船,翠翠同黄狗过顺顺吊脚楼去看热闹。翠翠先不答应,后来答应了。但过了一天，翠翠又翻悔，以为要看两人去看，要守船两人守船。初五大早，祖父上城买办过节的东西。翠翠独自在家，看看过渡的女孩子，唱唱歌，心上浸入了一丝儿凄凉。远处鼓声起来了，她知道绘有朱红长线的龙船这时节已下河了。细雨下个不止，溪面一片烟。将近吃早饭时节，祖父回来了，办了节货，却因为到处请人喝酒，被顺顺把个酒葫芦扣下了。正像翠翠所预料的那样，酒葫芦有人送回来了。送葫芦回来的是二老。二老向翠翠说："翠翠，吃了饭，和你爷爷到我家吊脚楼上去看划船吧？"翠翠不明白这陌生人的好意，不懂得为什么一定要到他家中去看船，抿着小嘴笑笑。到了那里，祖父离开去看一个水碾子。翠翠看见二老头上包着红布，在龙船上指挥，心中便印着两年前的旧事。黄狗不见了，翠翠便离了座位，各处去寻她的黄狗。在人丛中却听到两个不相干的妇人谈话。谈的是砦子上王乡绅想把女儿嫁给二老，用水碾子作陪嫁。二老喜欢一个撑渡船的。翠翠脸发火烧。二老船过吊脚楼，失足落水，爬起来上岸，一见翠翠就说：

"翠翠，你来了，爷爷也来了吗？"翠翠脸还发烧，不便作声，心想"黄狗跑到什么地方去了呢？"二老又说："怎不到我家楼上去看呢？我已经要人替你弄了个好位子。"翠翠心想："碾坊陪嫁，希奇事情咧。"翠翠到河下时，小小心腔中充满一种说不分明的东西。翠翠锐声叫黄狗，黄狗扑下水中，向翠翠方面泅来。到身边时，身上全是水。翠翠说："得了，狗，装什么疯！你又不翻船，谁要你落水呢？"爷爷来了，说了点疯话。爷爷说："二老捉得鸭子，一定又会送给我们的。"话不及说完，二老来了，站在翠翠面前微微笑着。翠翠也不由不抿着嘴微笑着。

顺顺派媒人来为大老天保提亲。祖父说得问问翠翠。祖父叫翠翠，翠翠拿了一簸箕豌豆上了船。"翠翠，翠翠，先前那个人来作什么，你知道不知道？"翠翠说："我不知道。"说后脸同脖颈全红了。翠翠弄明白了，人来做媒的是大老！不曾把头抬起，心忡忡地跳着，脸烧得厉害，仍然剥她的豌豆，且随手把空豆荚抛到水中去，望着它们在流水中从从容容流去，自己也俨然从容了许多。又一次，祖父说了个笑话，说大老请保山来提亲，翠翠那神气不愿意；假若那个人还有个兄弟，想来为翠翠唱歌，攀交情，翠翠将怎么说。翠翠吃了一惊，勉强笑着，轻轻的带点恳求的神气说："爷爷，莫说这个笑话吧。"翠翠说："看天上的月亮，那么大！"说着出了屋外，便在那一派清光的露天中站定。

············

有个女同志，过去很少看过沈从文的小说，看了《边城》提出了一个问题："他怎么能把女孩子的心捉摸得那么透，把一些细微曲折的地方都写出来了？这些东西我们都是有过的——沈从文是个男的。"我想了想，只好说："曹雪芹也是个男的。"

沈先生在给我们上创作课的时候，经常说的一句话，是："要贴到人物来写。"他还说："要滚到里面去写。"他的话不太好懂。他的意思是说：笔要紧紧地靠近人物的感情、情绪，不要游离开，不要置身在人物之外。要和人物同呼吸，共哀乐，拿起笔来以后,要随时和人物生活在一起,除了人物,什么都不想,用志不纷,一心一意。

首先要有一颗仁者之心,爱人物,爱这些女孩子,才能体会到她们的许多飘飘忽忽的,跳动的心事。

祖父也写得很好。这是一个古朴、正直、本分、尽职的老人。某些地方,特别是为孙女的事进行打听、试探的时候,又有几分狡猾,狡猾中仍带着妩媚。主要的还是写了老人对这个孤雏的怜爱,一颗随时为翠翠而跳动的心。

黄狗也写得很好。这条狗是这一家的成员之一,它参与了他们的全部生活,全部的命运。一条懂事的、通人性的狗——沈从文非常善于写动物,写牛、写小猪、写鸡,写这些农村中常见的,和人一同生活的动物。

大老、二老、顺顺都是侧面写的,笔墨不多,也都给人留下颇深的印象。包括那个杨马兵、毛伙,一个是一个。

沈从文不是一个雕塑家,他是一个画家,一个风景画的大师。他画的不是油画，是中国的彩墨画，笔致疏朗，着色明丽。

沈先生的小说中有很多篇描写湘西风景的，各不相同。《边城》写酉水：

> 那条河水便是历史上知名的酉水，新名字叫做白河。白河下游到辰州与沅水汇流后，便略显浑浊，有出山泉水的意思。若溯流而上，则三丈五丈的深潭，清澈见底。深潭中为白日所映照，河底小小白石子，有花纹的玛瑙石子，全看得明明白白。水中游鱼来去，全如浮在空气里。两岸多高山，山中多可以造纸的细竹，长年作深翠颜色，逼人眼目。近水人家多在桃杏花里。春天时只需注意，凡有桃花处必有人家，凡有人家处必可沽酒。夏天则晾晒在日光下耀目的紫花布衣裤，可以作为人家所在的旗帜。秋冬来时，酉水中游如王村、岔棻、保靖、里邪和许多无名山村，人家房屋在悬崖上的，滨水的，无不朗然入目。黄泥的墙，乌

黑的瓦，位置却那么妥贴，且与四周环境极其调和，使人迎面得到的印象，实在非常愉快。

描写风景，是中国文学的一个悠久传统。晋宋时期形成山水诗。吴均的《与朱元思书》是写江南风景的名著。柳宗元的《永州八记》，苏东坡、王安石的许多游记，明代的袁氏兄弟、张岱，这些写风景的高手，都是会对沈先生有启发的。就中沈先生最为钦佩的，据我所知，是郦道元的《水经注》。

古人的记叙虽可资借鉴，主要还得靠本人亲自去感受，养成对于形体、颜色、声音，乃至气味的敏感，并有一种特殊的记忆力，能把各种印象保存在记忆里，要用时即可移到纸上。沈先生从小就爱各处去看，去听、去闻嗅。"我的心总得为一种新鲜声音、新鲜颜色、新鲜气味而跳。"（《从文自传》）

> 雨后放晴的天气，日头炙到人肩上、背上已有了点力量。溪边芦苇水杨柳，菜园中菜蔬，莫不繁荣滋茂，带着一种有野性的生气。

草丛里绿色蚱蜢各处飞着,翅膀搏动空气时喷喷作声。枝头新蝉声音虽不成腔,却也渐渐宏大。两山深翠逼人的竹篁中,有黄鸟和竹雀、杜鹃交递鸣叫。翠翠感觉着,望着,听着,同时也思索着……

这是夏季的白天。

月光如银子,无处不可照及,山上竹篁在月光下变成一片黑色。身边草丛中虫声繁密如落雨,间或不知从什么地方,忽然会有一只草莺"嘘!"转着它的喉咙,不久之间,这小鸟儿又好像明白这是半夜,不应当那么吵闹,便仍然闭着那小小眼儿安睡了。

这是夏天的夜。

小饭店门前长案上常有煎得焦黄的鲤鱼豆腐,身上装饰了红辣椒丝,卧在浅口杯子里,钵旁大竹筒中插着大把朱红筷子……

这是多么热烈的颜色！

到了买卖杂货的铺子里，有大把的粉条，大缸的白糖，有炮仗，有红蜡烛，莫不给翠翠一种很深的印象，回到祖父身边，总把这些东西说个半天。

粉条、白糖、炮仗、蜡烛，这都是极其常见的东西，然而它们配搭在一起，是一幅对比鲜明的画。

天已经快夜，别的雀子似乎都休息了，只杜鹃叫个不息，石头泥土为白日晒了一整天，草木为白日晒了一整天，到这时节各放散出一种热气。空气中有泥土气味，有草木气味，还有各种甲虫气味。翠翠看着天上的红云，听着渡口飘响生意人的杂乱声音，心中有些儿薄薄的凄凉。

甲虫气味大概还没有哪个诗人在作品里描写过！

曾经有人说沈从文是个文体家。

沈先生曾有意识地试验过各种文体。《月下小景》叙事重复铺张，有意模仿六朝翻译的佛经，语言也多四字为句，近似偈语。《神巫之爱》的对话让人想起《圣经》的《雅歌》和萨沙的情诗。他还曾用骈文写过一个故事。其他小说中也常有骈偶的句子，如"凡有桃花处必有人家，凡有人家处必可沽酒。""地方像茶馆却不卖茶，不是烟馆却可以抽烟。"但是通常所用的是他的"沈从文体"。这种"沈从文体"用他自己的话，就是"充满泥土气息"和"文白杂糅"。他的语言有一些是湘西话，还有他个人的口头语，如"即刻""照例"之类。他的语言里有相当多的文言成分——文言的词汇和文言的句法。问题是他把家乡话与普通话，文言和口语配置在一起，十分调和，毫不"格生"，这样就形成了沈从文自己的特殊文体。他的语言是从多方面吸取的。间或有一些当时的作家都难免的欧化的句子，如"……的我"，但极少。大部分语言是具有民族特点的。就中写人叙事简洁处，受《史记》《世说新语》的影响不少。他的语言是朴实的，朴实而有情致；流畅的，流畅而清晰。这种朴实，来自于雕琢；这种流畅，来自于推敲。他很注意语言的节奏感，注意色彩，也注意声音。他从来不用生造的，谁也不懂的形容词之类，用的是人人能懂的普通词汇。但是常能对于普通词汇赋予新的意义。比如《边城》里两次写翠翠拉船，所用字眼不同。一次是：

有时过渡的是从川东过茶峒的小牛，是羊群，是新娘子的花轿，翠翠必争着作渡船夫，站在船头，懒懒的攀引缆索，让船缓缓的过去。

又一次是：

>翠翠斜睨了客人一眼，见客人正盯着她，便把脸背过去，抿着嘴儿，不声不响，很自负的拉着那条横缆。

"懒懒的""很自负的"都是很平常的字眼，但是没有人这样用过，用在这里，就成了未经人道语了。尤其是"很自负的"你要知道，这"客人"不是别个，是傩送二老呀，于是"很自负的"，就有了很多很深的意思。这个词用在这里真是最准确不过了！

沈先生对我们说过语言的唯一标准是准确（契诃夫也说过类似的意思）。所谓"准确"，就是要去找，去选择，去比较。也许你相信这是"妙手偶得之"，但是我更相信这是"梦里寻他千百度，蓦然回首，那人却在灯火阑珊处"。

《边城》不到七万字，可是整整写了半年。这不是得来全不费功夫。沈先生常说：人做事要耐烦。沈从文很会写对话。他的对话都没有什么深文大义，也不追求所谓"性格化的语言"，只是极普

通的说话。然而写得如闻其声,如见其人。比如端午之前,翠翠和祖父商量谁去看龙船:

> 见祖父不再说话,翠翠就说:"我走了,谁陪你?"
> 祖父说:"你走了,船陪我。"
> 翠翠把一对眉毛皱拢去苦笑着,"船陪你,嗨,嗨,船陪你。爷爷,你真是,只有这只宝贝船!"

比如黄昏来时,翠翠心中无端端地有些薄薄的凄凉,一个人胡思乱想,想到自己下桃源县过洞庭湖,爷爷要拿把刀放在包袱里,搭下水船去杀了她!她被自己的胡想吓怕起来了。心直跳,就锐声喊她的祖父:

> 爷爷,爷爷,你把船拉回来呀!

请求了祖父两次,祖父还不回来,她又叫:

爷爷，为什么不上来？我要你！

有人说沈从文的小说不讲结构。

沈先生的某些早期小说诚然有失之散漫冗长的。《惠明》就相当散，最散的大概要算《泥涂》。但是后来的大部分小说是很讲结构的。他说他有些小说是为了教学需要而写的，为了给学生示范，"用不同方法处理不同问题"。这"不同方法"包括或极少用对话，或全篇都用对话（如《若墨医生》）等等，也指不同的结构方法。他常把他的小说改来改去，改的也往往是结构。他曾经干过一件事，把写好的小说剪成一条一条的，重新拼合，看看什么样的结构最好。他不大用"结构"这个词，常用的是"组织""安排"，怎样把材料组织好，位置安排得更妥贴。他对结构的要求是："匀称"。这是比表面的整齐更为内在的东西。一个作家在写一局部时要顾及整体，随时意识到这种匀称感。正如一棵树，一个枝子，一片叶子，这样长，那样长，都是必需的，有道理的。否则就如一束绢花，虽有颜色，终少生气。《边城》的结构是很讲究的，是完美地实现了沈先生所要求的匀称的，不长不短，恰到好处，不能增减一分。

有人说《边城》像一个长卷。其实像一套二十一开的册页，每一节都自成首尾，而又一气贯注——更像长卷的是《长河》。

沈先生很注意开头，尤其注意结尾。

他的小说的开头是各式各样的。

《边城》的开头取了讲故事的方式：

> 由四川过湖南去，靠东有一条官路，这官路将近湘西边境，到了一个地方名叫"茶峒"的小小城时，有一小溪，溪边有座白色小塔，塔下住了一户单独的人家。这人家只一个老人，一个女孩子，一只黄狗。

这样的开头很朴素，很平易亲切，而且一下子就带起该文牧歌一样的意境。

汤显祖评董解元《西厢记》，论及戏曲的收尾，说"尾"有两种,一种是"度尾",一种是"煞尾"。"度尾"如画舫笙歌,从远地来,过近地,又向远地去;"煞尾"如骏马收缰,忽然停住,寸步不移,他说得很好。收尾不外这两种。《边城》各章的收尾,两种兼见。

翠翠正坐在门外大石上用棕叶编蚱蜢、蜈蚣玩,见黄狗先在太阳下睡觉,忽然醒来便发疯似的乱跑,过了河又回来,就问它骂它:"狗,狗,你做什么!不许这样子!"

可是一会儿那远处声音被她发现了,于是也绕屋跑着,并且同黄狗一块儿渡过了小溪,站在小山头听了许久,让那点迷人的鼓声,把自己带到一个过去的节日里去。

这是"度尾"。

……翠翠感觉着,望着,听着,同时也思索着:

"爷爷今年七十岁……三年六个月的歌——谁送那只白鸭子呢？……得碾子的好运气，碾子得谁更是好运气……。"

痴着，忽地站起，米簸箕豌豆便倾倒到水中去了。伸手把那簸箕从水中捞起时，隔溪有人喊过渡。

这是"煞尾"。

全文的最后，更是一个精彩的结尾：

到了冬天，那个圮坍了的白塔，又重新修好了。那个在月下歌唱，使翠翠在睡梦里为歌声把灵魂轻轻浮起的年青人，还不曾回到茶峒来。

这个人也许永远不回来了，也许明天回来。

七万字一齐收在这一句话上。故事完了，读者还要想半天。你会随小说里的人物对远人作无边的思念，随她一同盼望着，热情而迫切。

我有一次在沈先生家谈起他的小说的结尾都很好，他笑眯眯地说："我很会结尾。"

三十年来，作为作家的沈从文很少被人提起（这些年他以一个文物专家的资格在文化界占一席位），不过也还有少数人在读他的小说。有一个很有才华的小说家对沈先生的小说存着偏爱。他今年春节，温读了沈先生的小说，一边思索着一个问题：什么是艺术生命？他的意思是说：为什么沈先生的作品现在还有蓬勃的生命？我对这个问题也想了几天，最后还是从沈先生的小说里找到了答案，那就是《长河》里的夭夭所说的：

"好看的应该长远存在。"

现在，似乎沈先生的小说又受到了重视。出版社要出版沈先生的选集，不止一个大学的文学系开始研究沈从文了。这是好事。这是"百花齐放"的一种体现。这对推动创作的繁荣是有好处的，我想。

一九八〇年五月二十二日

关于《受戒》

我没有当过和尚。

我的家乡有很多大大小小的庙。我的家乡没有多少名胜风景。我们小时候经常去玩的地方,便是这些庙。我们去看佛像。看释迦牟尼,和他两旁的侍者(有一个侍者岁数很大了,还老那么站着,我常为他不平)。看降龙罗汉、伏虎罗汉、长眉罗汉。看释迦牟尼的背后塑在墙壁上的"海水观音"。观音站在一个鳌鱼的头上,四周都是卷着漩涡的海水。我没有见过海,却从这一壁泥塑上听到了大海的声音。一个中小城市的寺庙,实际上就是一个美术馆。它同时又是一所公园。庙里大都有广庭、大树、高楼。我到现在还记得走上吱吱作响的楼梯,踏着尘土上印着清晰的黄鼠狼足迹的楼板时心里的轻微的紧张，记得凭栏一望后的畅快。

我写的那个善因寺是有的。我读初中时，天天从寺边经过。寺里放戒，一天去看几回。

我小时就认识一些和尚。我曾到一个人迹罕到的小庵里，去看过一个戒行严苦的老和尚。他年轻时曾在香炉里烧掉自己的两个指头，自号八指头陀。我见过一些阔和尚，那些大庙里的方丈。他们大都衣履讲究（讲究到令人难以相信），相貌堂堂，谈吐不俗，比县里的许多绅士还显得更有文化。事实上他们就是这个县的文化人。我写的那个石桥是有那么一个人的（名字我给他改了）。他能写能画，画法任伯年，书学吴昌硕，都很有可观。我们还常常走过门外，去看他那个小老婆。长得像一穗兰花。

我也认识一些以念经为职业的普通的和尚。我们家常做法事。我因为是长子，常在法事的开头和当中被叫去磕头；法事完了，在他们脱下袈裟，互道辛苦之后（头一次听见他们互相道"辛苦"，我颇为感动，原来和尚之间也很讲人情，不是那样冷淡），陪他们一起喝粥或者吃挂面。这样我就有机会看怎样布置道场，翻看他们的经卷，听他们敲击法器，对着经本一句一句地听正座唱"叹骷髅"（据说这一段唱词是苏东坡写的）。

我认为和尚也是一种人，他们的生活也是一种生活。凡作为人的七情六欲，他们皆不缺少，只是表现方式不同而已。

一个偶然的机会，我在一个乡下的小庵里住了几个月，就住在小说里所写的"一花一世界"那几间小屋里。庵名我已经忘记了，反正不叫菩提庵。菩提庵是我因为小门上有那样一副对联而给它起的。"一花一世界"，我并不大懂，只是朦朦胧胧地感到一种哲学的美。我那时也就是明海那样的年龄，十七八岁，能懂什么呢。

庵里的人，和他们的日常生活，也就是我所写的那样。明海是没有的。倒是有一个小和尚，人相当蠢，和明海不一样。至于当家和尚拍着板教小和尚念经，则是我亲眼得见。

这个庄是叫庵赵庄。小英子的一家，如我所写的那样。这一家，人特别的勤劳，房屋、用具特别的整齐干净，小英子眉眼的明秀，性格的开放爽朗，身体姿态的优美和健康，都使我留下难忘的印象，和我在城里所见的女孩子不一样。她的全身，都发散着一种青春的气息。

我一直想写写在这小庵里所见到的生活，一直没有写。

怎么会在四十三年之后，在我已经六十岁的时候，忽然会写出这样一篇东西来呢？这是说不明白的。要说明一个作者怎样孕育一篇作品，就像要说明一棵树是怎样开出花来的一样的困难。

理智地想一下，因由也是有一些的。

一是在这以前，我曾经忽然心血来潮，想起我在三十二年前写的，久已遗失的一篇旧作《异秉》，提笔重写了一遍。写后，想：是谁规定过，解放前的生活不能反映呢？既然历史小说都可以写，为什么写写旧社会就不行呢？今天的人，对于今天的生活所过来的那个旧的生活，就不需要再认识认识吗？旧社会的悲哀和苦趣，以及旧社会也不是没有的欢乐，不能给今天的人一点什么吗？这样，我就渐渐回忆起四十三年前的一些旧梦。当然，今天来写旧生活，和我当时的感情不一样，正如同我重写过的《异秉》和三十二年前所写的感情也一定不会一样。四十多年前的事，我是用一个八十年代的人的感情来写的。《受戒》的产生，是我这样一个八十年代的中国人的各种感情的一个总和。

二是，前几个月，因为我的老师沈从文要编他的小说集，我又一次比较集中，比较系统的读了他的小说。我认为，他的小说，他的小说里的人物，特别是他笔下的那些农村的少女，三三、夭夭、翠翠，是推动我产生小英子这样一个形象的一种很潜在的因素。这一点，是我后来才意识到的。在写作过程中，一点也没有察觉。大概是有关系的。我是沈先生的学生。我曾问过自己：这篇小说像什么？我觉得，有点像《边城》。

第三，受了百花齐放的气候的感召。

试想一想：不用说十年浩劫，就是"十七年"，我会写出这样一篇东西么？写出了，会有地方发表么？发表了，会有人没有顾虑地表示他喜欢这篇作品么？都不可能的。那么，我就觉得，我们的文艺的情况真是好了，人们的思想比前一阵解放得多了。百花齐放，蔚然成风，使人感到温暖。虽然风的形成是曲曲折折的（这种曲折的过程我不大了解），也许还会乍暖还寒，但是我想不会。我为此，为我们这个国家，感到高兴。

这篇小说写的是什么？我在大体上有了一个设想之后，曾和个别同志谈过。"你为什么要写这样一篇东西呢？"当时我没有回答，只是带着一点激动说："我要写！我一定要把它写得很美，很健康，很有诗意！"写成后，我说："我写的是美，是健康的人性"。美，人性，是任何时候都需要的。

人们都说，文艺有三种作用：教育作用、美感作用和认识作用。是的。我承认有的作品有更深刻或更明显的教育意义。但是我希望不要把美感作用和教育作用截然分开甚至对立起来，不要把教育作用看得太狭窄（我历来不赞成单纯娱乐性的文艺这种提法），那样就会导致题材的单调。美感作用同

关于《受戒》　033

时也是一种教育作用。美育嘛。这两年重提美育，我认为是很有必要的。这是医治民族的创伤，提高青年品德的一个很重要的措施。我们的青年应该生活得更充实，更优美，更高尚。我甚至相信，一个真正能欣赏齐白石和柴可夫斯基的青年，不大会成为一个打砸抢分子。

我的作品的内在的情绪是欢乐的。我们有过各种创伤，但是我们今天应该快乐。一个作家，有责任给予人们一分快乐，尤其是今天（请不要误会，我并不反对写悲惨的故事）。我在写出这个作品之后，原本也是有顾虑的。我说过：发表这样的作品是需要勇气的。但是我到底还是拿出来了，我还有一点自信。我相信我的作品是健康的，是引人向上的，是可以增加人对于生活的信心的，这至少是我的希望。

也许会适得其反。

我们当然是需要有战斗性的，描写具有丰富的人性的现代英雄的，深刻而尖锐地揭示社会的病痛并引起疗救的注意的悲壮、闳伟的作品。悲剧总要比喜剧更高一些。我的作品不是，也不可能成为主流。

我从来没有说过关于自己作品的话。一个不长的短篇，也没有多少可说的话。《小说选刊》的编者要我写几句关于《受戒》的话，我就写了这样一些。写得不短，而且那样的直率，大概我的性格在变。

很多人的性格都在变。这好。

一九八一年

《汪曾祺短篇小说选》 自序

近年来有人称我为老作家了,这对我是新鲜事。老则老矣,已经六十一岁;说是作家,则还很不够。我多年来不觉得我是个作家。我写得太少了。

我写小说,是断断续续,一阵一阵的。开始写作的时间倒是颇早的。第一篇作品大约是一九四〇年发表的。那是沈从文先生所开"各体文习作"课上的作业,经沈先生介绍出去的。大学时期所写,都已散失。此集中所收的第一篇《复仇》,可作为那一时期的一个代表,虽然写成时我已经离开大学了。一九四六、一九四七年在上海,写了一些,编成一本《邂逅集》。此集的前四篇即选自《邂逅集》。这次编集时都作了一些修改,但基本上保留了原貌。解放后长期担任编辑,未写作。一九五七年偶然写了一点散文和散文诗。一九六一年写了《羊舍一夕》。因为少年儿童出版社约我出一个小集子（听说是萧也牧同志所建议），我又接着写了两篇。一九七九年到一九八一年写得多一些，这都是几个老朋友怂恿的结果。没有他们的鼓励、催迫、甚至责备，我也许就不会再写小说了。深情厚谊，良可感念，于此谢之。

我的一些小说不大像小说，或者根本就不是小说。有些只是人物素描。我不善于讲故事。我也不喜欢太像小说的小说，即故事性很强的小说。故事性太强了，我觉得就不大真实。我的初期的小说，只是相当客观地记录对一些人的印象，对我所未见的，不了解的，不去以意为之作过多的补充。后来稍稍展开一些，有较多的虚构，也有一点点情节。

有人说我的小说跟散文很难区别，是的。我年轻时曾想打破小说、散文和诗的界限。《复仇》就是这种意图的一个实践。后来在形式上排除了诗，不分行了，散文的成分是一直明显地存在着的。所谓散文，即不是直接写人物的部分。不直接写人物的性格、心理、活动。有时只是一点气氛。但我以为气氛即人物。一篇小说要在字里行间都浸透了人物。作品的风格，就是人物性格。

我的小说的另一个特点是：散。这倒是有意为之。我不喜欢布局严谨的小说，主张信马由缰，为文无法。苏轼说："大略如行云流水，初无定质；但常行于所当行，常止于所不可不止。文理自然，恣态横生"（《答谢民师书》）；又说："吾文如万斛泉源，不择地而出，在平地滔滔汩汩，虽一日千里无难。及其与山石曲折，随物赋形而不可知也"（《文说》）。虽不能至，心向往之。

我的小说的题材，大都是不期然而遇，因此我把第一个集子定名为"邂逅"。因此，我的创作无计划可言。今后写什么，一点不知道。但如果身体还好，总还能再写一点吧。恐怕也还是断断续续，一阵一阵的。

是为序。

一九八一年四月二十二日

中国戏曲有没有间离效果

布莱希特谈他的"间离效果说"是受了中国戏曲的启发而提出的。但是,中国的布莱希特研究者很少联系中国戏曲;中国的戏曲演员和教戏的老师又根本不理睬布莱希特的那一套。到底中国戏曲有没有间离效果呢?我以为是有的。

间离效果,照我的粗浅的、中国化了的理解,是:若即若离,入情入理。

中国的有些戏曲是使人激动,催人落泪的,比如越剧的祝英台哭灵,山西梆子的《三上轿》。但是有些戏,即使带有悲剧性,也并不那样使人激动。看了川剧《打神告庙》、昆曲的《断桥》,很少人会因之而热泪盈眶,失声啜泣的。有人埋怨中国戏曲不那样感动人,他埋怨错了。有些戏的目的本不在使人过于感动。中国的观众和舞台，演员和角色之间，是存在着一段距离的。戏曲演员的服装、化妆和程式化的表演，很难使人相信他是一个真人。演员自己也不相信他就是周瑜或是诸葛亮。演戏的演"戏"，看戏的看"戏"。中国的观众一边感受着，欣赏着，一边还在思索着。即使这种思索只是"若有所思"。他们并不那样掉在戏里。

丑角身上的间离效果是明显的。有人埋怨丑角缺乏性格，缺乏感情。有的丑角是有性格，有感情的，比如汤勤和《窦公送子》里的窦公。有些丑角是不那么有性格，他的目的本来就不在演性格。丑，就是瞅着。丑是一个哲学的形象，或者是形象化了的哲学。他是一个旁观者，他就是时常要跳到生活之外（戏之外），对人情世态加以批评的。曾见一个名丑演武大郎，在服毒之后，蹲在床上翻了一个吊毛落地，原来一直蹺曲着的两腿骤然伸长了，一直好像系在腰上的短布裙高高地吊在胸脯上，观众哗然大笑了，观众笑什么？笑矮人也会变长，笑：武大郎老兄，你委屈了一辈子，这回可伸开了腰了。这种表演是深刻的、隽永的。有评论家说这脱离了人物，出了戏。对这样的评论家，你能拿他有什么办法呢？

曾看过一出川剧（剧名已忘），两个奸臣吵架，互相骂道："你混蛋！"——"你混蛋！"帮腔的在一旁唱道："你两个都混蛋哪……！"布莱希特要求观众是批评者，这个帮腔人实是观众的代表，他不但批评，而且大声地唱出来了。这可是非常突出的间离效果。

为了使戏剧变成剧作家之剧，即诗人之剧，使观众能在较远的距离从平淡的生活中看出其中的抒情性；用一种揶揄的、幽默的、甚至是玩世不恭的态度来观察某些不正常的、被扭曲了的生活，为了提高戏曲的诗意和哲理性，总之，为了使戏曲现代化，研究一下间离效果，我以为是有好处的。

高英培的相声和埃林·彼林的小说

埃林·彼林是保加利亚的小说家。我很喜欢他的小说。他的小说大都没有强烈的戏剧性,淡淡的,然而有着深沉的悲愤和爽朗的幽默感。他有一篇《得心应手的打猎》,写的是:三个打兔子的人,打了一天,毫无所获,疲惫不堪,聚会在一家小酒店里发牢骚、诉苦。来了一个他们一伙打猎的第四个人,叫做黄胡子,他举起一只大兔子在空中挥动着。接着,黄胡子就详详细细讲起他打到这只兔子的经过。正讲得起劲,从路旁灌木丛里钻出了一个衣衫褴褛,肩上背着一支老式步枪的庄稼汉来。他手里挥着一只兔子对黄胡子喊道:

"喂,先生,买去吧,连这一只也买下吧!比那一只还便宜些。你给五十个列瓦,这是最后的买卖啦！"

这篇小说和高英培所说的相声《钓鱼》何其相似乃尔！——据说《钓鱼》原是郭启儒说的单口相声，但现在人们听熟了的是高英培的那一段。由此，我想起了许多事。

《钓鱼》，我以为是这几年出现的相声里格调最高的一段。它对社会上那么一种人，爱吹牛的人，讽刺得那样尖刻，但又并不严厉，或者可以说颇有温情。——爱吹牛的不是坏人，他也不害人。它不是穷逗，而有很隽永的幽默，而且很有生活气息。"二他妈，给我烙两张糖饼"，如闻其声，如见其人。说实在话，我觉得其刻画入微之处，较之《得心应手的打猎》还更胜一筹。可是，为什么埃林·彼林的作品算是文学，《钓鱼》就不算是文学呢？看来，雅、俗、高、低之别，在人们心中还是根深蒂固的。

为什么没有人写出像《钓鱼》这样十分有趣的小说呢？看来文学作家还有直接为政治服务、写重大题材这样的框框。中国文学需要幽默，不论是黑色的还是别种颜色的。

埃林·彼林和高英培这种不谋而合的相似,是世界文学中很值得注意的现象。今年成立了比较文学研究会,这是值得庆幸的事,这弥补了文学研究的一个空白。我希望有像钱钟书、杨宪益这样的学贯中西的学者,更盼望有熟悉书本文学也熟悉活着的文艺,如戏曲、曲艺的同志参加比较文学的研究。我希望戏曲、曲艺界有人来钻研外国的文学。中国的戏曲、曲艺,完全可以,而且应该从外国文学,特别是现代外国文学中吸取营养。

建议高英培同志读一读埃林·彼林的这篇小说。

小说笔谈

语　言

在西单听见交通安全宣传车播出："横穿马路不要低头猛跑"，我觉得这是很好的语言。在校尉营一派出所外宣传夏令卫生的墙报上看到一句话："残菜剩饭必须回锅见开再吃"，我觉得这也是很好的语言。这样的语言真是可以悬之国门，不能增减一字。

语言的目的是使人一看就明白，一听就记住。语言的唯一标准，是准确。

北京的店铺，过去都用八个字标明其特点。有的刻在匾上，有的用黑漆漆在店面两旁的粉墙上，都非常贴切。"尘飞白雪,品重红绫",这是点心铺。"味珍鸡蹠,香渍豚蹄",是桂香村。煤铺的门额上写着"乌金墨玉,石火光恒",很美。八面槽有一家"老娘"(接生婆)的门口写的是:"轻车快马,吉祥姥姥",这是诗。

店铺的告白,往往写得非常醒目。如"照配钥匙,立等可取"。在西四看见一家,门口写着:"出售新藤椅,修理旧棕床",很好。过去的澡堂,一进门就看见四个大字:"各照衣帽",真是简到不能再简。

《世说新语》全书的语言都很讲究。

同样的话,这样说,那样说,多几个字,少几个字,味道便不同。张岱记他的一个亲戚的话:"你张氏兄弟真是奇。肉只是吃,不知好吃不好吃;酒只是不吃,不知会吃不会吃。"有一个人把这几句话略改了几个字,张岱便斥之为"伧父"。

一个写小说的人得训练自己的"语感"。

要辨别得出,什么语言是无味的。

结　构

戏剧的结构像建筑，小说的结构像树。

戏剧的结构是比较外在的、理智的。写戏总要有介绍人物，矛盾冲突、高潮（写戏一般都要先有提纲，并且要经过讨论），多少是强迫读者（观众）接受这些东西的。戏剧是愚弄。

小说不是这样。一棵树是不会事先想到怎样长一个枝子，一片叶子，再长的。它就是这样长出来了。然而这一个枝子，这一片叶子，这样长，又都是有道理的。从来没有两个树枝、两片树叶是长在一个空间的。

小说的结构是更内在的，更自然的。

我想用另外一个概念代替"结构"——节奏。

中国过去讲"文气"，很有道理。什么是"文气"？我以为是内在的节奏。"血脉流通""气韵生动"，说得都很好。

小说的结构是更精细，更复杂，更无迹可求的。

苏东坡说："但常行于所当行，止于所不可不止"，说的是结构。

章太炎《菿汉微言》论汪容甫的骈体文，"起止自在，无首尾呼应之式"。写小说者，正当如此。

小说的结构的特点，是：随便。

叙事与抒情

现在的年轻人写小说是有点爱发议论。夹叙夹议，或者离开故事单独抒情。这种议论和抒情有时是可有可无的。

法郎士专爱在小说里发议论。他的一些小说是以议论为主的，故事无关重要。他不过借一个故事多发表一通牵涉到某一方面的社会问题的大议论。但是法郎士的议论很精彩，很警辟，很深刻。法郎士是哲学家。我们不是。我们发不出很高深的议论。因此，不宜多发。

倾向性不要特别地说出。

一件事可以这样叙述，也可以那样叙述。怎样叙述，都有倾向性。可以是超然的、客观的、尖刻的、嘲讽的（比如鲁迅的《肥皂》《高老夫子》），也可以是寄予深切的同情的（比如《祝福》《伤逝》）。

董解元《西厢记》写张生和莺莺分别："马儿登程，坐车儿归舍；马儿往西行，坐车儿往东拽；两口儿一步儿离得远如一步也！"这是叙事。但这里流露出董解元对张生和莺莺的恋爱的态度，充满了感情。"一步儿离得远如一步也"，何等痛切。作者如无深情，便不能写得如此痛切。

在叙事中抒情，用抒情的笔触叙事。

怎样表现倾向性？中国的古话说得好：字里行间。

悠闲和精细

写小说就是要把一件平平淡淡的事说得很有情致（世界上哪有许多惊心动魄的事呢）。同样一件事，一个人可以说得娓娓动听，使人如同身临其境；另一个人也许说得索然无味。

《董西厢》是用韵文写的，但是你简直感觉不出是押了韵的。董解元把韵文运用得如此熟练，比用散文还要流畅自如，细致入微，神情毕肖。

写张生问店二哥蒲州有什么可以散心处，店二哥介绍了普救寺：

> 店都知，说一和，道："国家修造了数载余过，其间盖造的非小可，想天宫上光景，赛他不过。说谎后，小人图什么？普天之下，更没两座。"张生当时听说后，道："譬如闲走，与你看去则箇。"

张生与店二哥的对话，语气神情，都非常贴切。"说谎后，小人图什么"，活脱是一个二哥的口吻。

写张生游览了普救寺，前面铺叙了许多景物，最后写：

张生觑了，失声地道："果然好！"频频地稽首。欲待问是何年建，见梁文上明写着："垂拱二年修"。

这真是神来之笔。"垂拱二年修"，"修"字押得非常稳。这一句把张生的思想活动，神情，动态，全写出来了。——换一个写法就可能很呆板。

要把一件事说得有滋有味，得要慢慢地说，不能着急，这样才能体察人情物理，审词定气，从而提神醒脑，引人入胜。急于要告诉人一件什么事，还想告诉人这件事当中包含的道理，面红耳赤，是不会使人留下印象的。

张岱记柳敬亭说武松打虎，武松到酒店里，蓦地一声，店中的空酒坛都嗡嗡作响，说他"闲中著色，精细至此"。

唯悠闲才能精细。

不要着急。

董解元《西厢记》与其说是戏曲，不如说是小说。人民文学出版社出版的《董西厢》的《前言》

里说："它的组织形式和它采取的艺术手法，为后来的戏曲、小说开阔了蹊径"，是很有见识的话。从小说的角度来看，《董西厢》的许多细致处远胜于许多话本。它的许多方法，到现在对我们还有用，看起来还很"新"。

风格和时尚

齐白石在他的一本画集的前面题了四句诗："冷艳如雪筒，来京不值钱。此翁无肝胆，空负一千年。"他后来创出了红花黑叶一派，他的画被买主，——首先是那些壁悬名人字画的大饭庄，所接受了。

于非闇开始的画也是吴昌硕式的大写意的。后来张大千告诉他："现在画吴昌硕式的人这样多，你几时才能出头？"他建议于非闇改画院体的工笔画。于非闇于是改画勾勒重彩。于非闇的画也被北京的市民接受了。

扬州八怪的知音是当时的盐商。

我不以为盐商是不懂艺术的。

艺术是要卖钱的，是要被人们欣赏、接受的。

红花黑叶、勾勒重彩、扬州八怪，一时成为风尚。实际上决定一时风尚的是买主。画家的风格不能脱离欣赏者的趣味太远。

小说也是这样。就是像卡夫卡那样的作家，如果他的小说没有一个人欣赏，他的作品是不会存在的。

但是一个作家的风格总得走在时尚前面一点，他的风格才有可能转而成为时尚。

追随时尚的作家，就会为时尚所抛弃。

一九八二年二月

作家五人谈

昨天心武说，现代西方小说的语言比较冷静，我觉得这是现代文学和传统文学的重要区别之一。语言简练朴素，用一般的叙述语言，尽量不带感情色彩，不动声色，而且不像屠格涅夫的语言有很多词藻，有很多定语状语。它的许多比喻、句式都非常简单，句子也很短，都是生活中的语言。而我们现在的许多小说，作者本身的倾向、爱憎、感情流露过于明显。即使如此，可能有些编辑同志觉得还不够热情，感情还不足，还要求作者把他想说的完全写出来，完全告诉读者。这样确实叫读者没有回味余地，有点耳提面命，就是我要说的话，我的思想感情，读者你得好好听着！可现在的读者不吃这一套。我认为作者写作当然要有很深的感情，很强烈的爱憎，不能说作家本身是无动于衷，没有态度和感觉的，但最好是不要表露出来，一露就浅，一浅就没有意思。作者的倾向性不要说出来，感情当然也得流露出来，但要通过作品的字里行间含蓄地流露。即使有褒贬，也在叙述中自然出现，不要单独说出来。我有个折衷的想法，叙述语言是否也带一定的抒情性？自己有个切身体会，我对《大淖记事》里的主人公很有感情，可我并没有多去夸奖他，尽管如此，我觉得还是扣住了自己的感情写。我这样结尾——"十一子的伤会好么？会。当然会！"这两句话就是我对这个人物的全部态度。也许最好连这个也不说。海明威是很厉害的，连这种感情也不流露，完全客观，冷静地叙述。我当然不能完全像他，各人的气质不一样。这就是所谓态度冷静、语言控制、感情节制的问题。我并不反对有时发点议论，我认为这要以题材而异，有些题材不发议论，有些我就要发议论。弗朗西斯的小说就主要是发议论，故事很简单，不占主要成份，你不能说它不是好小说。

另外，我觉得好的语言，首先是朴素，越朴素的语言越好。我赞成用大众一听就懂的，凡是只有翻翻字典方知道意思的词最好不用。有个评论家评我的小说，说我的语言很奇怪，每句话拆开看很平淡，搁在一块儿就很有味道了。当然是过奖了，但我确实是想追求这种语言。每句话拆开来平平淡淡，关键在这句话和那句话之间的关系。古人所谓的文气，就是指语言的内在结构。

另外，小说的语言要和你所写的那个人物贴切，如果你写大学生的生活，就尽量用接近大学生的语言，以此类推。不仅对话，叙述也如此。这几年我比较注意这个问题。最近写了我中学时代的一个语文教员，语言就和前几篇完全不一样，用语半文不白，甚至整段整段用文言文。因为这个人物需要这种语言来刻画他。

人们往往有个误解，认为对话要有哲理，再加一点诗意，和普通人说话不一样。其实对话就是普通说话。我记得大学二年级时写小说反映大学生活，人物说话都很机智、很俏皮、很有诗意，再加些哲理等等，我的老师说那不是对话，是两个聪明脑袋在打架，实际生活里没有那么说话的。托尔斯泰和高尔基都说过类似的话：人是不能用警句交谈的。有人老想在对话中说出警句，这不行。当然，戏剧语言和小说语言有区别，如果我想写个史诗剧，朗诵本身就诗化了。戏剧机动性高，可以有格言，警句，像莎士比亚"活着，还是去死"之类的话。生活里如果有谁在那儿高叫："活着，还是去死"，那就可笑了。

要赋予普通语言以新的意义，把通用词变成自己独创的词。例如有位作家写一棵大树倒下——"大树叹息着，庄重地倒下了。"庄重这词谁都能用，但用在大树倒下，我觉得再贴切没有了。用普通的词给人一个独特的形象，这就是独创了词。这叫"人人心里有，笔下除我无"。

补充一点。一个地区出现文艺的繁荣，和刊物关系很大。举个例子，这几年我又重新写作，跟发表《受戒》有关系。《受戒》的发表是很偶然的，我说写出来没人敢发，我写着自己看，束之高阁。

后来有人告诉《北京文学》当时的主编，说有这么个人写了这么篇小说。主编同志很想看看，我说这种东西是不能发表的，发表需要很大的胆量。可他看完后很快就发表了。他说不管什么时候，文学都必须和胆识联在一块。的确如此，一个刊物的编辑，尤其是主编，是要有胆识，而且要独具慧眼，要作伯乐。一种小说已发表很多了，再发表有什么意思。往往发表一篇新东西，就会给创作打开一个新天地。

一九八二年四月十三日

《大淖记事》是怎样写出来的

一个作品写出来了，作者要说的话都说了。为什么要写这个作品，这个作品是怎么写出来的，都在里面。再说，也无非是重复，或者说些题外之言。但是有些读者愿意看作者谈自己的作品的文章——回想一下，我年轻时也喜欢读这样的文章，以为比读评论更有意思，也更实惠，因此，我还是来写一点。

大淖是有那么一个地方的。不过，我敢说，这个地方是由我给它正了名的。去年我回到阔别了四十余年的家乡，见到一位初中时期教过我国文的张老师，他还问我："你这个淖字是怎样考证出来的？"我们小时做作文、记日记，常常要提到这个地方，而苦于不知道该怎样写。一般都写作"大脑"，我怀疑之久矣。这地方跟人的大脑有什么关系呢？后来到了张家口坝上，才恍然大悟：这个字原来应该这样写！坝上把大大小小的一片水都叫做"淖儿"。这是蒙古话。坝上蒙古人多，很多地名都是蒙古话。后来到内蒙走过不少叫做"淖儿"的地方，越发证实了我的发现。我的家乡话没有儿化字，所以径称之为淖。至于"大"，是状语。"大淖"是一半汉语，一半蒙语，两结合。我为什么念念不忘地要去考证这个字；为什么在知道淖字应该怎么写的时候，心里觉得很高兴呢？是因为我很久以前就想写写大淖这地方的事。如果写成"大脑"，在感情上是很不舒服的——三十多年前我写的一篇小说里提到大淖这个地方，为了躲开这个"脑"字，只好另外改变了一个说法。

我去年回乡，当然要到大淖去看看。我一个人去走了几次。大淖已经几乎完全变样了。一个造纸厂把废水排到这里，淖里是一片铁锈颜色的浊流。我的家人告诉我，我写的那个沙洲现在是一个种鸭场。我对着一片红砖的建筑（我的家乡过去不用红砖，都是青砖），看了一会。不过我走过一些依河而筑的不整齐的矮小房屋，一些才可通人的曲巷，觉得还能看到一些当年的痕迹。甚至某一家门前的空气特别清凉，这感觉，和我四十年前走过时也还是一样。

我的一些写旧日家乡的小说发表后，我的乡人问过我的弟弟："你大哥是不是从小带一个本本，到处记？——要不他为什么能记得那么清楚呢？"我当然没有一个小本本。我那时才十几岁，根本没有想到过我日后会写小说。便是现在，我也没有记笔记的习惯。我的笔记本上除了随手抄录一些所看杂书的片断材料外，只偶尔记下一两句只有我自己看得懂的话——一点印象，有时只有一个单独的词。

小时候记得的事是不容易忘记的。

我从小喜欢到处走，东看看，西看看（这一点和我的老师沈从文有点像）。放学回来，一路上有很多东西可看。路过银匠店，我走进去看老银匠在模子上敲打半天，敲出一个用来钉在小孩的虎头帽上的小罗汉。路过画匠店，我歪着脑袋看他们画"家神菩萨"或玻璃油画福禄寿三星。路过竹厂，看竹匠把竹子一头劈成几权，在火上烤弯，做成一张一张草笆子……多少年来，我还记得从我的家到小学的一路每家店铺、人家的样子。去年回乡，一个亲戚请我喝酒，我还能清清楚楚把他家原来的布店的店堂里的格局描绘出来，背得出白色的屏门上用蓝漆写的一付对子。这使他大为惊奇，连说："是的是的"。也许是这种东看看西看看的习惯，使我后来成了一个"作家"。

我经常去"看"的地方之一，是大淖。

大淖的景物，大体就是像我所写的那样。居住在大淖附近的人，看了我的小说，都说"写得很像"。当然，我多少把它美化了一点。比如大淖的东边有许多粪缸（巧云家的门外就有一口很大的粪缸），我写它干什么呢？我这样美化一下，我的家乡人是同意的。我并没有有闻必录，是有所选择的。大淖岸上有一块比通常的碾盘还要大得多的扁圆石头，人们说是"星"——陨石，因与故事无关，我也割爱了（去年回乡，这个"星"已经不知搬到哪里去了）。如果写这个星，就必然要生出好些文章。因为它目标很大，引人注目，结果又与人事毫不相干，岂非"冤"了读者一下？

小锡匠那回事是有的。像我这个年龄的人都还记得。我那时还在上小学，听说一个小锡匠因为和一个保安队的兵的"人"要好，被保安队打死了，后来用尿碱救过来了。我跑到出事地点去看，只看见几只尿桶。这地方是平常日子也总有几只尿桶放在那里的，为了集尿，也为了方便行人。我去看了那个"巧云"（我不知道她的真名叫什么），门半掩着，里面很黑，床上坐着一个年轻女人，我没有看清她的模样，只是无端地觉得她很美。过了两天，就看见锡匠们在大街上游行。这些，都给我留下很深的印象，使我很向往。我当时还很小，但我的向往是真实的。我当时还不懂"高尚的品质、优美的情操"这一套，我有的只是一点向往。这点向往是朦胧的，但也是强烈的。这点向往在我的心里存留了四十多年，终于促使我写了这篇小说。

大淖的东头不大像我所写的一样。真实生活里的巧云的父亲也不是挑夫。挑夫聚居的地方不在大淖而在越塘。越塘就在我家的巷子的尽头。我上小学、初中时每天早晨、傍晚都要经过那里。星期天，去钓鱼。暑假时，挟了一个画夹子去写生。这地方我非常熟。挑夫的生活就像我所写的那样。街里的人对挑夫是看不起的，称之为"挑箩把担"的。便是现在，也还有这个说法。但是我真的从小没有对他们轻视过。

越塘边有一个姓戴的轿夫，得了血丝虫病——象腿病。抬轿子的得了这种最不该得的病，就算完了，往后的日子还怎么过呢？他的老婆，我每天都看见，原来是个有点邋遢的女人，头发黄黄的，很少梳得整齐的时候，她大概身体不太好，总不大有精神。丈夫得了这种病，她怎么办呢？有一天我看见她，真是焕然一新！她完全变成了另外一个人，头发梳得光光的，衣服很整齐，显得很挺拔，很精神。尤其使我惊奇的，是她原来还挺好看。她当了挑夫了！一百五十斤的担子挑起来嚓嚓地走，和别的男女挑夫走在一列，比谁也不弱。

这个女人使我很惊奇。经过四十多年，神使鬼差，终于使我把她的品行性格移到我原来所知甚少的巧云身上（挑夫们因此也就搬了家）。这样，原来比较模糊的巧云的形象就比较充实，比较丰满了。

这样，一篇小说就酝酿成熟了。我的向往和惊奇也就有了着落。至于这篇小说是怎样写出来的，那真是说不清，只能说是神差鬼使，像鲁迅所说"思想中有了鬼似的"。我只是坐在沙发里东想想，西想想，想了几天，一切就比较明确起来了，所需用的语言、节奏也就自然形成了。一篇小说已经有在那里，我只要把它抄出来就行了。但是写出来的契因，还是那点向往和那点惊奇。我以为没有那么一点东西是不行的。

各人的写作习惯不一样。有人是一边写一边想，几经改削，然后成篇。我是想得相当成熟了，一气写成。当然在写的过程中对原来所想的还会有所取舍，如刘彦和所说："殆乎篇成，半折心始"。

也还会写到那里，涌出一些原来没有想到的细节，所谓"神来之笔"，比如我写到："十一子微微听见一点声音，他睁了睁眼。巧云把一碗尿碱汤灌进了十一子的喉咙"之后，忽然写了一句：

不知道为什么，她自己也尝了一口。

这是我原来没有想到的。只是写到那里，出于感情的需要，我迫切地要写出这一句（写这一句时，我流了眼泪）。我的老师教我们写作，常说"要贴到人物来写"，很多人不懂他这句话。我的这一个细节也许可以给沈先生的话作一注脚。在写作过程要随时紧紧贴着人物，用自己的心，自己的全部感情。什么时候自己的感情贴不住人物，大概人物也就会"走"了，飘了，不具体了。

几个评论家都说我是一个风俗画作家。我自己原来没有想过。我是很爱看风俗画。十六、七世纪的荷兰画派的画，日本的浮世绘，中国的货郎图、踏歌图……我都爱看。讲风俗的书，《荆梦岁时记》

《东京梦华录》《一岁货声》……我都爱看。我也爱读竹枝词。我以为风俗是一个民族集体创作的生活抒情诗。我的小说里有些风俗画成分，是很自然的。但是不能为写风俗而写风俗。作为小说，写风俗是为了写人。有些风俗，与人的关系不大，尽管它本身很美，也不宜多写。比如大淖这地方放过荷灯，那是很美的。纸制的荷花，当中安一段浸了桐油的纸捻，点着了，七月十五的夜晚，放到水里，慢慢地漂着，经久不熄，又凄凉又热闹，看的人疑似离开真实生活而进入一种飘渺的梦境。但是我没有把它写入《记事》——除非我换一个写法，把巧云和十一子的悲喜和放荷灯结合起来，成为故事不可缺少的部分，像沈先生在《边城》里所写的划龙船一样。这本是不待言的事，但我看了一些青年作家写风俗的小说，往往与人物关系不大，所以在这里说一句。

对这篇小说的结构，有两种不同的意见。一种以为前面（不是直接写人物的部分）写得太多，有比例失重之感。另一种意见，以为这篇小说的特点正在其结构，前面写了三节，都是记风土人情，第四节才出现人物。我于此有说焉。我这样写，自己是意识到的。所以一开头着重写环境，是因为"这里的一切和街里不一样""这里的人也不一样。他们的生活，他们的风俗，他们的是非标准、伦理道德观念和街里的穿长衣念过'子曰'的人完全不同"。只有在这样的环境里，才有可能出现这样的人和事。有个青年作家说："题目是《大淖记事》，不是《巧云和十一子的故事》，可以这样写。"我倾向同意她的意见。

我的小说的结构并不都是这样的。比如《岁寒三友》，开门见山，上来就写人。我以为短篇小说的结构可以是各式各样的。如果结构都差不多，那也就不成其为结构了。

一九八二年五月二十六日

两栖杂述

我是两栖类。写小说，也写戏曲。我本来是写小说的。二十年来在一个京剧院担任编剧。近二、三年又写了一点短篇小说。我过去的朋友听说我写京剧，见面时说："你怎么会写京剧呢？——你本来是写小说的，而且是有点'洋'的！"他觉得这简直不可思议。有些新相识的朋友，看过我近年的小说后，很诚恳地跟我说："您还是写小说吧，写什么戏呢！"他们都觉得小说和戏——京剧，是两码事，而且多多少少有点觉得我写京剧是糟蹋自己，为我惋惜。我很感谢他们的心意。有些戏曲界的先辈则希望我还是留下来写戏，当我表示我并不想离开戏曲界时，就很高兴。我也很感谢他们的心意。曹禺同志有一次跟我说："你还是双管齐下吧!"我接受了他的建议。

我小时候没有想过写戏,也没有想过写小说。我喜欢画画。

我的父亲是个画画的,在我们那个县城里有点名气。我从小就很喜欢看他画画。每当他把画画的那间屋子打开(他不常画画),支上窗户,我就非常高兴。我看他研了颜色,磨了墨,铺好了纸;看他抽着烟想了一会,对着雪白的宣纸看了半天,用指甲或笔杆的一头在纸上比划比划,划几个道道,定了一幅画的间架章法,然后画出几个"花头"(父亲是画写意花卉的),然后画枝干、布叶、勾筋、补石、点苔,最后再"收拾"一遍,题款、用印,用按钉钉在壁上,抽着烟对着它看半天。我很用心地看了全过程,每一步都看得很有兴趣。

我从小学到中学,都"以画名"。我父亲有一些石印的和珂罗版印的画谱,我都看得很熟了。放学回家,路过裱画店,我都要进去看看。

高中毕业,我本来是想考美专的。

我到四十来岁还想彻底改行,从头学画。

我始终认为用笔、墨、颜色来抒写胸怀,更为直接,也更快乐。

我到底没有成为一个画家。

到现在我还有爱看画的习惯,爱看展览会。有时兴之所至,特别是运动中挨整的时候,还时常随便涂抹几笔,发泄发泄。

喜欢画,对写小说,也有点好处。一个是,我在构思一篇小说的时候,有点像我父亲画画那样,先有一团情致,一种意向。然后定间架、画"花头"、立枝干、布叶、勾筋……一个是,可以锻炼对于形体、颜色、"神气"的敏感。我以为,一篇小说,总得有点画意。

我是怎样写起小说来的呢?

除了画画,我的"国文"成绩一直很好。从小学五年级到初中三年级,我的国文老师一直是高北溟先生。为了纪念他,我的小说《徙》里直接用了高先生的名字。他的为人、学问和教学的方法也就像我的小说里所写的那样——当然不尽相同,有些地方是虚构的。在他手里,我读过的文章,印象最深的是归有光的《项脊轩志》《先妣事略》。

有几个暑假,我还从韦子廉先生学习过。韦先生是专攻桐城派的。我跟着他,每天背一篇桐城派古文。姚鼐的、方苞的、刘大櫆、戴名世的。加在一起,不下百十篇。

到现在,还可以从我的小说里看出归有光和桐城派的影响。归有光以清淡之笔写平常的人情,我是喜欢的(虽然我不喜欢他正统派思想),我觉得他有些地方很像契诃夫。"桐城义法",我以为是有道理的。桐城派讲究文章的提、放、断、连、疾、徐、顿、挫,讲"文气"。正如中国画讲"血脉流通""气韵生动"。我以为"文气"是比"结构"更为内在,更精微的概念,和内容、思想更有有机联系。这是一个很好的、很先进的概念,比许多西方现代美学的概念还要现代的概念。文气是思想的直接的形式。我希望评论家能把"文气论"引进小说批评中来,并且用它来评论外国小说。

我好像命中注定要当沈从文先生的学生。

我读了高中二年级以后,日本人打了邻县,我

"逃难"在乡下，住在我的小说《受戒》里所写的小和尚庵里。除了高中教科书，我只带了两本书，一本屠格涅夫的《猎人日记》，一本上海一家野鸡书店盗印的《沈从文小说选》。我于是翻来覆去地看这两本书。

我到昆明考大学，报了西南联大中国文学系，就是因为这个大学中文系有朱自清先生、闻一多先生，还有沈先生。

我选读了沈先生的三门课："各体文习作""中国小说史"和"创作实习"。

我追随沈先生多年，受到教益很多，印象最深的是两句话。

一句是："要贴到人物来写"。

他的意思不大好懂。根据我的理解，有这样几层意思：

第一，小说是写人物的。人物是主要的，先行的。其余部分都是次要的，派生的。作者要爱所写的人物。沈先生曾说过，对于兵士和农民"怀了不可言说的温爱"。"温爱"，我觉得提得很好。他不说"热爱",而说"温爱",我以为这更能准确地说明作者和人物的关系。作者对所写的人物要具有充满人道主义的温情,要有带抒情意味的同情心。

第二,作者要和人物站在一起,对人物采取一个平等的态度。除了讽刺小说,作者对于人物不宜居高临下。要用自己的心贴近人物的心,以人物哀乐为自己的哀乐。这样才能在写作的大部分的过程中,把自己和人物融为一体,语之出自自己的肺腑,也是人物的肺腑。这样才不会作出浮泛的、不真实的、概念的和抄袭借用来的描述。这样,一个作品的形成,才会是人物行动逻辑自然的结果。这个作品是"流"出来的,而不是"做"出来的。人物的身上没有作者为了外在的目的强加于他身上的东西。

第三,人物以外的其他的东西都是附属于人物的。景物、环境,都得服从于人物,景物、环境都得具有人物的色彩,不能脱节,不能游离。一切景物、环境、声音、颜色、气味,都必须是人物所能感受到的。写景,就是写人,是写人物对于周围世界的感觉。这样，才会使一篇作品处处浸透了人物，散发着人物的气息，在不是写人物的部分也有人物。

另外一句话是："千万不要冷嘲"。

这是对于生活的态度，也是写作的态度。我在旧社会，因为生活的穷困和卑屈，对于现实不满而又找不到出路，又读了一些西方的现代派的作品，对于生活形成一种带有悲观色彩的尖刻、嘲弄、玩世不恭的态度。这在我的一些作品里也有所流露。沈先生发觉了这点，在昆明时就跟我讲过；我到上海后，又写信给我讲到这点。他要求的是对于生活的"执着"，要对生活充满热情，即使在严酷的现实面前，也不能觉得"世事一无可取，也一无可为"。一个人，总应该用自己的工作，使这个世界更美好一些，给这个世界增加一点好东西。在任何逆境之中也不能丧失对于生活带有抒情意味的情趣，不能丧失对于生活的爱。沈先生在下放咸宁干校时，还写信给黄永玉，说"这里的荷花真好！"沈先生八十岁了，还每天工作十几个小时，完成

《中国服饰研究》这样的巨著，就是靠这点对于生活的执着和热情支持着的。沈先生的这句话对我的影响很深。

我是怎样写起京剧剧本来的呢？

我从小爱看京剧，也爱唱唱。我父亲会拉胡琴，我初中一年级的时候就随着他的胡琴唱戏，唱老生，也唱青衣。到读大学时还唱。有个广东同学听到我唱戏，就说"丢那妈，猫叫！"

因为读的是中文系，我后来又学唱了昆曲。

我喜欢看戏，看京剧，也爱看地方戏，特别爱看川剧。

我没有想到过写戏曲剧本。

因为当编辑，编《说说唱唱》，想写作，又下不去，没有生活，不免发牢骚。那年恰好是纪念世界名人吴敬梓，有人就建议我在《儒林外史》里找一个题材，写写京剧剧本，我就写了一个《范进中举》。这个剧本演出了，还在北京市戏曲会演中得了一个奖。

一九五八年，我戴了右派帽子下去劳动，摘了帽子，想调回北京，恰好北京京剧团还有个编剧名额，我就这样调到了京剧团，一直到现在。二十年了。

搞文学的人是不大看得起京剧的。

这也难怪。京剧的文学性确实是很差，很多剧本简直是不知所云。前几个月，我在北京，每天到玉渊潭散步，每天听一个演员在练《珠帘寨》的定场诗：

> 李白斗酒诗百篇，
> 长安市上酒家眠。
> 摔死国舅段文楚，
> 唐王一怒贬北番！

李克用和李太白有什么关系呢？

《花田错》里有一句唱词：

> 桃花不比杏花黄……

桃花不黄，杏花也不黄呀！

可是，京剧毕竟是我们的文化遗产呀！而且，就是京剧，也有些很好的东西。比如大家都知道的《四进士》，用了那样多的典型的细节，刻画了宋士杰这样一个独特的人物，这就不用说了。我以为这出戏放在世界戏剧名作之林中，是毫不逊色的。再如《打渔杀家》里萧恩和桂英离家时的对话：

萧　恩　开门哪！（出门介）

桂　英　爹爹请转。

萧　恩　儿呀何事？

桂　英　这门还未曾上锁呢。

萧　恩　这门喏，关也罢不关也罢。

桂　英　里面还有许多动用家具呢。

萧　恩　傻孩子呀，门都不要了，要家具则甚哪！

桂　英　不要了？

萧　恩　不明白的冤家！……

我觉得这是小说，很好的小说。我觉得写小说的，也是可以从戏曲里学到很多东西的。

戏曲、京剧，有些手法好像很旧。但是中国人觉得它很旧，外国人觉得它很新。比如"自报家门"，这就比用整整一幕戏来介绍人物省事得多。比如布莱希特的"间离效果"说，是受了中国戏曲的启发而提出来的，这很新呀！

我觉得我们不要妄自菲薄，数典忘祖。我们要"以故为新"，从遗产中找出新的东西来。特别是搞西方现代派的同志，我建议他们读一点旧文学，用比较文学的方法研究研究中国的古典文学。我总是希望能把古今中外熔为一炉。

我搞京剧，有一个想法，很想提高一下京剧的文学水平，提高其可读性，想把京剧变成一种现代艺术，可以和现代文学作品放在一起，使人们承认它和王蒙的、高晓声的、林斤澜的、邓友梅的小说是一个水平的东西，只不过形式不同。

搞搞京剧还有一个好处，即知道戏和小说是两种东西（当然又是相通的）。戏要夸张、要强调；

小说要含蓄，要淡远。李笠翁说写诗文不可说尽，十分只能说二三分，写戏剧必须说尽，十分要说到十分。这是很有见地的话。托尔斯泰说人是不能用警句交谈的，这是指的小说；戏里的人物是可以用警句交谈的。因此，不能把小说写得像戏，不能有太多情节，太多的戏剧性。如果写的是一篇戏剧性很强的小说，那你不如干脆写成戏。

以上是一个两栖类的自白。

除了搞戏，我还搞过曲艺，编过《说说唱唱》；搞过民间文学、编了好几年《民间文学》。"文化大革命"以后，我发表的第一篇作品不是小说，而是民间文学的论文，而且和甘肃有点关系，是《"花儿"的格律》。我觉得这对写小说没有坏处。特别是民间文学，那真是一个宝库。我甚至可以武断地说，不读一点民歌，民间故事，是不能成为一个好小说家的。

我这个两栖类，这个"杂家"有点什么经验？一个是要尊重、热爱祖国的文学艺术传统；一个是兼收并蓄，兴趣更广泛一些，知识更丰富一些。

我希望有更多的两栖类，希望诗人、小说家都来写写戏曲。

一九八二年

关于现阶段的文学

——答《当代文艺思潮》编辑部问

一、新时期文学与十七年文学，有无明显的区别，它的主要特点是什么？

我确实有个实际情况，我对当代文学很陌生，也不是一无所知，但是比较陌生。因为我长期脱离文学创作，搞了二十年的戏曲，而且搞了一段"样板戏"，我说我算个"两栖类"。因为我的本职工作是搞戏曲，是搞京剧编剧的，所以在戏曲的圈子里活动比较久，文学创作就比较陌生。另外，我的精力有限，岁数也比较大了，我看的作品很少。往往看的作品，都是熟人给我说这个作品值得一看，比如今天上午说的高晓声的小说。另外，我的孩子们是博览群书，特别是他们对所谓站在时代前面的作品看得很多,他们有时给我说,这个作品您看一看,我才看一看,所以我实在很无知。

刚才谈到《受戒》,《受戒》写出来其实是很偶然的。从我个人来说,我这十七年是在"三突出"统治之下过了很多时候,深受其苦,我的痛苦是别人所不能理解的,因为逼得我非得按那办、按那写不可。什么"主题先行"啦,我都尝受过,对我来说它不是理论问题,也不是一个概念,而是你必须这样去搞。原来我有个很朴素的想法,在个别发言或者文章里都讲到从生活出发,后来有的同志说,现在不是这个提法了,现在是从主题出发。他说于会泳有一个发言,已经发表出来了,他第一次提出"主题先行"。因为当时我们是三结合的创作方法,就是领导出思想,群众出生活,作家出技巧。他出一个思想、出一个主题,然后我们下去到处去找生活素材,来演绎这个主题思想。有时他那个思想就不对。记得那个时候,我们样板团的创作选题必须是江青亲自定,她忽然说她看中了原来的《草原烽火》(后来《草原烽火》否定了),她说你们下去写这样一个题材，就是说一个八路军的工作人员打到草原上去，打入王府，发动王府里头的奴隶，反抗日本帝国主义和汉奸王爷。我们就按照她规定的找这个题材，到处去找，哪有这个事啊。因为当时党中央对内蒙少数民族地区提出来的是内蒙古的王公贵族和牧民团结起来一致抗日，就没有把王爷和牧民截然分开。我们访问许多地方回来后，向当时的于会泳汇报说，没有这样的材料。于会泳回答一句话很妙，他说没有这样的材料更好，你们可以"海阔天空"，就是说可以任意瞎编。

也许这十年之苦受得太厉害了，我说去他的，我就不理那一套，所以以后就写了那么个小说，写出来没有打算发表，曾和个别同志说过我写了这么一篇小说。那个同志说写这样小说干什么，写出来有什么地方给你发表？他拿去看了以后，当时表示写得好，但是他理智上认为这东西不行。那就是说从他的艺术趣味上或是从他的感情上，他是喜欢这篇小说，但是从沿袭下来的正统的观点上说，他又觉得这玩意儿不行。所以这个作品的发表，有人说有这样的作者敢写这样的作品，也有这样的主编敢发这样的作品。当时我说发表这样的作品是需要有一定的胆量的。还有人说，不知从什么时候起，文学和胆量连在一起了。所以，这一点，经过"四人帮"以后，三中全会以后，对某些人的艺术趣味、艺术欣赏、艺术爱好和当时的某些教条的分裂状态有所改变。像刚才说的，他很喜欢这个作品，但从道理上又不行。到三中全会以后，比较开放，就是大家喜欢的作品能够不太受理论观念的限制而发表了，人们的艺术趣味与理论倡导之间的距离比较小了，因此，很大的一个区别就是题材大大广泛了，不受一时的某种政治口号或某种政策的约束。事实上打破了这种约束，或者说是开始恢复文学正常的创作道路、创作规律。我觉得从这方面说，恢复现实主义的传统，在当时是符合实际情况的，因为"四人帮"搞的那一套，是根本违反现实主义的基本规律的。以后可能有许多新的现象，但是我觉得一开始，文学必须在现实主义基础上去发展，这个道路我觉得还是对的，这是由从理念出发，从思想出发，开始回到从生活出发。因此，这就使开拓文学领域的广阔天地的这种发展要求变成了可能，这个十七年一段——我说的比较冒昧——我觉得十七年如果说文学有什么问题的话，可能就是文学从属政治这个东西束缚着它，打倒"四人帮"以后，在创作实践上，冲破了这个东西。胡乔木同志前不久提出来这一问题，说文学不从属于政治，不是为政治服务的。其实在当时，一些作者在创作实践上已经开始突破文学从属于政治服从于具体政策这样一个东西。譬如《受戒》，你要文学从属于政治，为具体政策服务，我那受戒的小和尚，实在没法服务。这一点我当时是明确的。虽然当时还没有提高到从理论上加以认识的高度，但是大家在创作实践上，实实在在已经向这方面迈进了，已经摆脱了那个东西。我觉得乔木同志的论点实际上是总结了一个历史时期的经验，而不完全是在他的口号提出后，大家才开始冲破文学从属于政治的约束的。事实上，现在所谓新时期很多作品，你用这个标准来衡量，从属于政治，直接为什么政策服务，那都不能存在了。所以我是感觉到，如果说有一点区别（我说不上明显的区别），我觉得事实上已开始突破这样一个东西，也就是开始向现实主义为主潮的这样一个广阔的道路上发展。我觉得现实主义不能把它看得很狭窄，现实主义可以有许多流派，但是恢复到现实主义的基础上，才有可能再发展，使得新的流派产生出来。

二、近两年来的文学主题是否有什么变化？为什么会发生这种变化？

主题有什么变化，说老实话，这两年作品看的很少，这个主题原来是什么样，后来又有什么变化，我不清楚。更说不出来为什么会发生这种变化。我认为文学的主题是个很严肃的问题，应该研究，不过我觉得历史的年限应放得宽一些，这两年究竟有什么变化，那当然也可以说了，但作为主题，一个是一定时期的现实生活在作者思想的反映，形成为主题。同时也结合一定时期的读者特别是青年读者所关心的问题，也形成主题。不要过分的强调在文学创作现象里边的主题问题,因为一个主题是作者思想的反映,作者思想也不能是两年一变、三年一变。我倒觉得一个作者应该有自己的贯串始终的主题,就是它所谓的倾向性。比如契诃夫,他每个作品都清楚反映了这个东西:反庸俗的小市民。现在是否可以这样的研究,从历史发展上研究一个作者的思想,观察他的作品主题的一些变化。假如两年就去研究一个普遍性的主题,就会变成大家一窝蜂地去赶浪潮。一个作者对社会对生活的思索,我觉得应该是有他自己独特的东西,当然总的应该是在马列主义、毛泽东思想指导之下去观察生活,观察社会。因此,我就觉得现在有些作者往往说你这个作品观点或者思想又落后了,好像赶一种什么浪潮似的。青年的思想是不稳定的,他可以一会儿相信存在主义,一会儿又回到朦胧哲学,他可以回到其他东西上去,要跟他跑就没完了,这种追随青年的某种不很稳定的倾向是有的。我觉得作者还是自己在马列主义、毛泽东思想指导之下,独立思考地去看社会、看问题,不一定形成一个时期的普遍性的所谓浪潮式东西。我并不主张无主题论，一个作者是有思想的，是需要有他自己的思想，而这种思想也许融化在作品中，不是那么表露，这也就是贯串它的主题，因此，我觉得最好时间放长一些。文学史家勃兰兑斯写的《十九世纪文学主潮》，它是就一个世纪整个文学状况来说的。我是不太倾向于把这个时期划分为伤痕文学，那个时期划分为反思文学，它是一个大的主要的潮流。主流什么东西，这样一个须从较长时期，从历史条件来看的问题，我实在回答不上来。

要说我自己的作品，与主流的变化不发生太大的关系，因为我没有考虑过如何去迎合当时的某种浪潮。有时我自己也想了，我自己写的是什么东西。前几个月我在大连的一个地方刊物《海燕》上，发表了三个很短的小说，题目是《钓人的孩子》，写一个小孩叫昆明，他扔了一张钞票在街上，拴一条黑线，有人路过一捡，他就一抽，抽过去钓人。第二个故事，写常常跑警报，有一个学哲学搞逻辑的，他推论跑警报的时候，大家一定把值钱的东西带上，值钱的东西是金子；既然带金子就会有人丢掉金子；丢掉就会有人捡到；人可以捡到金子；我是人，故我可以捡到金子。第三个故事，买航空奖券。国民党人发一种航空奖券，每年中奖的时候，就可以成为一个小富翁。有一个大学文学系的人，很清高，读的都是十九世纪的雪莱的诗，李商隐的诗，自己也写那种漂亮的散文。他喜欢一个女同学，他听人说这位女同学已经许配人了，与人订婚了，因为她家比较贫穷，她的未婚夫拿钱供她上学。这位抒情诗人下定决心，要把她从这种境地中救出来，他就每年买航空奖券，后来发现蛮不那么回事，是瞎编的，那个女的和她的未婚夫关系很好，未婚夫在旅馆里送那女朋友，他也在隔壁旅馆里，听到女同学同她未婚夫放浪的笑声，他觉得如遭电殛，但是航空奖券他继续买下去，因为已买成习惯。要问我这主题是什么，我的主题是"人与金钱"。虽然也是这两年发表的，但是和那文学主流不相干。但是我还是比较严肃的来考虑这个问题，当然这写的是过去的事情。不过我觉得可以按照作家的思想倾向、思想发展或是他的主题某些不同的表现来研究。一个断代，在一定的时期里边，也可以研究一下。如果我觉得把它分得比较细，就是刚才说的，这两年往往是把主题和题材混为一谈，过分的强调主题，就可能导致"题材决定论"。

我再接着说一点。现在所谓主要变化，实际上指的是问题小说。它所提出问题的变化，实际上是这样一个东西，或是更具体地说，提出青年思想问题的变化。这问题要注意，但是也不要过分地强调。

三、请谈谈"乡土文学"的现状。

"乡土文学"这个词，好像是有过，可能过去美国斯坦培克的作品被称作"乡土文学"，不知为什么在美国说他是"乡土文学"，我也不太理解。也许和别的作家比起来，他是专门写森林的工人，而且局限于南美这一带，地方色彩比较鲜明，要是这样的话，我觉得是可以的，你们这里不是也提出了敦煌学派吗？无非是地方色彩比较鲜明一些，我觉得也是可以的。

刚才说到我的老师——沈老，他主要写湘西，但不是专门写湘西，他也写青岛、武汉、上海、北平，他也写知识分子、农民、士兵、小职员，虽然有人把他与蹇先艾归在一起，他自己从不说我是"乡土文学"。

我觉得"乡土文学"的概念不明确，不稳定，因此，我准备奉劝绍棠，不要老提这东西。有一件事情很有意思，他请他的老师孙犁写关于他的小说的序，要求他顺便谈谈"乡土文学"，孙犁给他回了封信，说你最好不要考虑这个东西。

我觉得有它的不好处，至少是把自己局限住了。你老是写那三十里路运河滩，你把你的视野是否放开一些，你为什么就不能写青年知识分子，写写工人或是一般市民？因为他写"乡土文学"把他框住了。他说过，我就是通县那块土地。我倒是同意孙犁的主张，不要让"乡土文学"把自己框住。

至于刚才说的，具有中国气派、作风、地方色彩，所谓泥土气，这是可以的。另外，好像在人们心目中把乡土文学跟比较洋的东西对立起来。我觉得这也不必，可以并存。今天上午的会上我就主张：古今中外，熔为一炉。这是我的想法。

四、现代主义对新时期文学有何影响，前景如何，是否正在形成某种流派？

我倒是和现代派有点关系，有点一知半解。我在大学读书时，受了现代派的影响。

现代派，它也是一个比较广泛的概念。现代派，大概最初是绘画里面提出来的。这是印象派后期以后，比如毕加索、马蒂斯。他们有统一的东西，但是一个人有一个人的表现方法，如马蒂斯他是野兽派，也是现代派。毕加索前面搞了一个青色时期、红色时期，后来他也搞立体构成主义，也是现代派，现代派从美术上说，大体上就是等于古典的现实主义的反动，就是不同于用那种办法来表现。它要追求一种新的方法，它也不是瞎胡闹。

另外，在文学上，现代的西方现代派是什么样？我是比较陌生的。四十年代，在文学上比较有代表性的是英国诗人彼沃德、皮埃尔、海伦，这是现代派的。另外，德国的里尔克，包括西班牙的什么阿多里，以及包括后来的存在主义大师萨特，也可以把它归到现代派里头。

我觉得从文学上说，现代派有它的特点。我现在也说不上现代派的特点是什么。西班牙的阿多里，英国的伍尔夫，有它一致的地方，但是，不完全一样。我是受了一些影响。你看我集子的第一篇《复仇》，就是有点受现代派影响，中国四十年代有一批主要是大学里面写诗的，受了一些影响。

我觉得接受一些现代派的影响，借鉴于他们的一些表现手法，是可以的。但是，我和写《九叶集》的好些人比较熟，我就跟他们说，你们能不能把外国的现代派变变样，把它中国化了。我说，你们写现代派的诗，是不是用现代派手法写些中国诗、中国词，写一写我这一行——京剧。他们说，这我们办不到。因此，我就对他们不服。我主张，现代派也要中国化。这是我的看法，我说可以吸收一些东西，吸收一些表现方法。

另外，我觉得有些现代派的表现方法，中国古已有之，我随便举些例子。中唐、晚唐以后，有些诗的表现方法就和现代派的某些表现方法是比较一致的。如王昌龄的《长信秋词》中："奉帚平明金殿开，暂将团扇共徘徊。玉颜不及寒鸦色，犹带昭阳日影来。""寒鸦"和"玉颜"本来是两码事，怎么放在一起呢，怎能作比较呢？"犹带昭阳日影来"，昭阳日影显然是表现皇帝的恩宠，寒鸦还能从昭阳殿里带太阳影子过来，可是我这玉颜就没法接触昭阳日影。它这个表现方法是很曲折的，这个应该说是唐朝的朦胧诗，它不是很直接的，但还是可以理解的。比如，民间有类似的东西，我曾经看过上海一个滩簧剧本，第一句是"春风弹动半天霞"，表现方法是很现代的。把霞比喻是棉絮，春风比喻成弹棉花的弓子。但是，他不这样说，他直接说"春风弹动半天霞"，这就把它抽象化了。离开语言现象把它抽象化，用抽象化方法把它概括起来了。现代派的表现方法很重要的一点，就是把它抽象化。就是它的视象接触到主体和物体关系有所变化，它不是直接的造成普通一般的，把它抽象起来。我觉得既然中国古已有之，就不能说这东西不合理。现代派中有印象派的诗，就是几个概念，或是几种形象排在一起，不组成句子，然后你自己独特组织。因此，我觉得所谓现代派的表现方法就是不完全按照普遍的古典的现实主义的表现方法反映生活，这是可以吸收的，而且群众是可以接受的。我倒是不主张把现代派搞得完全不能懂，就是你这个作品表现的东西跟群众的接受能力距离太大。现代派可以借鉴，但不是完全模仿西方，因为西方的抽象，往往是我们东方人所不能理解、不能接受的。比如艾略特写的诗"黄昏象一个病人躺在手术床上"。这个东西在英国人可能是比较容易理解的，中国人就不理解了，这么比喻，距离太大。闻先生讲唐诗时，用比较文学的办法讲，他把晚唐的某些诗包括李贺的诗（李贺的诗应该说相当朦胧，或者相当的"现代"），和法国的画派比较来谈，他还没有意识到毕加索，他就是意识到印象派后期，他就是说造成一种印象，表面上看起来不真切，他特别举出法国印象派后期的点彩派,一个一个点子,远看这些点子都是闪动发光造成一种印象。他说,唐诗有一些写法就是这样的写法,表面上看语言不是很对的,但是看了给人产生一种印象。因此,我觉得是可以借鉴中国一些古的东西。另外,我还是觉得更让它中国化,学外国的东西让人瞧不出来。这是我的看法,而且我就这么干了。"意识流"之类,我那作品中都能找出来,我可以老实招供,哪个地方用的"意识流"。但是,我自己后来越来越明确了,还是回到民族传统上来,但要吸收外来的东西,不排除外来的东西,不然老是那么一点儿。要善于融化吸收。

能不能形成一种流派?恐怕这是一种广泛的东西。较多地接受西方现代派影响的某些作家,或是较少一些,或者不吸收,都可能存在。很显然,年轻一代比较容易接受西方的影响,我觉得是可以的。但是,我希望这些同志要带点中国味,把它中国化。不能完全是西方现代派,在中国式的现实主义基础上,要学现代派的表现手法,或有较多的这种东西，我觉得是可以的。也可能形成某种趋向，倒不一定是流派。因为四十年代以后，我就不太看这种东西了。四十年前我倒是看这种作品比较多。我倒是奉劝绍棠同志要看看现代派作品，我对学现代派的同志，往往说你要读一点中国古文，这是我的主张。

另外，坚持中国的民族传统，很重要的一点，要精通祖国语言。我觉得有人是受了西方现代派影响的。有些人往往是外文系的学生，他们甚至是用外文来思维中文，用汉字来写的，我说这个不灵，所以他们有很大的弱点，语言不是很精神的，特别是中国的语言的传统里边韵律感、音乐感、节奏感这个东西，他们不像咱们搞戏曲的那么内行，他写出像翻译的诗，那东西总是不行。我说，要是这样，你干脆拿外文去发表，到大西洋杂志去发表。

五、是否存在乡土派与现代派的竞争？

刚才斤澜说，乡土派在城圈外农村吃得开，现代派在大城市里吃得开，可能有这种倾向。在大城市吃得开不如说在青年知识分子中吃得开，或者是在能够花钱买杂志的那部分读者中吃得开。从西方现代派看，他们也发现读者是比较少的，它就是写的知识分子，尽管它的地位很高，读者面不是很广，因此，有一个问题，现代派新的表现手法，能不能为群众所接受，这个是需要一定的努力。比如智利的聂鲁达是个现代派，据聂鲁达说，他的诗在铜矿朗诵得到很强烈的反应，也许智利铜矿的工人和我们中国西北的农民欣赏习惯或文化教养不一样，聂鲁达自己说，他原来也没想到。因此，某些个现代派的手法要想办法使群众一般能接受。我觉得还需要追求这种表现方法的同志作一番努力，我觉得不是不能办到，有一些东西虽然是现代派的，还是可以懂的，比如年轻女诗人舒婷有一句诗："踩熄了一路的虫声"，我觉得这种表现方法比较新，她把那虫声，想象成小灯火，一路走过去，虫声停了，像踩熄了似的，她不啰唆，直接说踩熄一路的虫声，我觉它很美。我觉得如果倾向于学习这种比较新鲜的手法，应想办法让它接近群众，为一般人所能理解，至少为有初步的文学修养的群众所能理解。另外，我觉得刚才斤澜说的对，可以相互竞争，各自存在。我也觉得竞争是存在的，可以竞争，但不要有门户之见，特别是不要意气用事，一瞧你那带土味的，我就看不起；一瞧洋味的，什么玩意儿呀，不必这样。我觉得，事实上好像有某种对立情绪，我觉得不必这样，它也不是已经到剑拔弩张的程度。

另外，还有一点，我觉得，作为一个刊物的编辑，不能对哪一派带过多的倾向的色彩，他要有比较冷静的公平的态度。不管什么表现手法，什么流派，我要看你的思想深度，表现手法所能达到的水平。现在某些刊物的确有一种倾向，某种流派倾向的作品比较多，甚至它的主编就喜欢这样作品，主编他不喜欢的作品就嗤之以鼻，这种现象虽不是很严重的，但也还是多多少少存在，作为文艺的领导——因为刊物左右一代文风——我觉得还是持一种比较冷静公平的态度为好。

六、您比较留心哪些作家的创作动向？您有空看外国文学作品吗，近年读了哪些，印象如何？

我也是比较留心熟人的作品。我看书向来是东一榔头西一棒子，也许上午看了关于王羲之的兰亭考，下午也许看海明威的小说，蛮不相干。作家的创作动向，我是没有太留心。外国文学作品，也有的看过了，过些年再找来看一看。例如，海明威的《老人与海》就看过几遍了。这几年我看的作品印象比较深的，除了海明威之外，大概是卡夫卡。卡夫卡的《变形记》，真是写的好，但是海明威的思想和卡夫卡的思想不一样，我觉得他的表现方法，很有他的独到之处。苏联的作品很久没看了，偶尔也看看舒克申的作品，但看的不多，我觉得这个作家很有特点。我觉得苏联的作品不像"四人帮"时期所咒骂的那样，人家还是探索新的东西，而且道路是比较健康的。舒克申我觉得是很有才华，充满诗意，也充满哲理。我只是零零碎碎，不是有目的去看，不像有些人这个时期专门看库普林，那个时期看另一个作家的作品，我倒是前几年我看的最多的是契诃夫，过去有几年我是每年把契诃夫通读一次，现在因为很忙，也没时间去读他了。安东诺夫的作品，我也比较喜欢。大概我看的作品，一个是随便碰到的，一个可能是跟我气质比较接近的，或是表现方法比较接近的那些作家，比如现在让我看巴尔扎克，我是怎么也看不下去，我对巴尔扎克没什么缘分，当然我还是硬着头皮读了几本。比如像狄更斯，我年青时很喜欢，现在又不想看。我看外国作品倒是比较倾向于有点现代的作品，因为它跟我们时代，比较容易接近，虽然他是外国的东西。我看东西没什么目的，我觉得杂乱无章地读书也有好处，因为作家他不是研究工作者，对味我就看，舒服我就看，从兴趣出发。

我再说一点对我们这个刊物的希望。

我希望这个刊物能把古今中外沟通起来，一个就是用比较文学的方法把中国的当代的这个作品或者带有某些思潮性的作品，跟外国的当代文学放在一起看，就是把中国作品放在世界范围里看，怎么评论它，外国作品有时不一定很好，中国的某些个作家或某些作品，放在世界范围里，我们怎么看，这个工作你要不做外国人就做。

另外就是，我希望把古今沟通起来，我很希望大学里讲中国文学史的人，你联系到当前的文艺创作，你就说，中国某些人在当代文学创作上有些什么影响，某些个作家是受了哪些个人的影响，要不成了没有祖宗的人了。所以，我倒设想，能不能有人写一个魏晋文学对鲁迅作品的影响，或者是从郦道元起中国的游记对当代小说景物描写的影响。我总觉得你大学讲文学史，讲作品，没有一个人，也没想过，也没点胆量，说我就把邓友梅的作品跟古代哪一个作品联在一块讲。我觉得否则总是停留在研究者的案头，它不直接影响当前的创作。

一九八三年

小说创作随谈

我的讲话，自己可以事先作个评价，八个大字，叫作"空空洞洞，乱七八糟"。从北京来的时候，没有作思想准备，走得很匆忙，到长沙后，编辑部的同志才说要我作个发言，谈谈自己的创作。如果我早知道有这么个节目，准备一下，可能会好一些，现在已没有时间准备了。在创作上，我是个"两栖类动物"，搞搞戏曲，也搞搞小说创作。我写小说的资历应该说是比较长的，1940 年就发表小说了。解放以前出了个集子，但是后来中断了很久。解放后，我搞了相当长时间的编辑工作。编过《北京文学》，编过《说说唱唱》，编过《民间文学》。到六十年代初，才偶尔写几篇小说。之后一直没写，写剧本去了，前后中断了二十多年。一直到一九七九年，在一些同志，就是北京的几个老朋友，特别是林斤澜、邓友梅他们的鼓励、支持和责怪下，我才又开始写了一些。第三次起步的时间是比较晚的。因为我长期脱离文学工作，而且我现在的职务还是在剧团里，所以对文学方面的情况很不了解，作品也看得很少。不了解情况，我说的话跟当前文学界的情况很可能是脱节的。

首先谈生活问题。文学是反映生活的，所以作者必须有深厚的生活基础。前几年我听到一种我不大理解的理论，说文学不是反映生活，而是表现我对生活的看法。我不大懂其中区别何在。对生活的看法也不能离开生活本身嘛，你不能单独写你对生活的看法呀！我还是认为文学必须反映生活，必须从生活出发。一个作家当然会对生活有看法，但客体不能没有。作为主体，观察生活的人，没有生活本身，那总不行吧？什么叫"创作自由"？我认为这个"创作自由"不只是说政策尺度的宽窄，容许写什么，不容许写什么。我认为要获得创作自由，有一个前提，那就是一个作家对生活要非常熟悉，熟悉得可以随心所欲，可以挥洒自如，那才有了真正的创作自由了。你有那么多生活可以让你想象、虚构、概括、集中，这样你也就有了创作自由了。而且你也有了创作自信。我深信我写的东西都是真实的，不是捏造的，生活就是那样。一个作家不但要熟悉你所写的那个题材本身的生活，也要熟悉跟你这个题材有关的生活，还要熟悉与你这次所写的题材无关的生活。一句话，各种生活你都要去熟悉。海明威这句话我很欣赏："冰山之所以雄伟，就因为它露在水面上的只有七分之一。"在构思时，材料比写出来的多得多。你要有可以舍弃的本钱，不能手里只有五百块钱，却要买六百块钱的东西，你起码得有一千块钱，只买五百块钱的东西，你才会感到从容。鲁迅说："宁可把一个短篇小说压缩成一个 sketch（速写），千万不要把一个 sketch 拉成一个短篇小说。"有人说我的一些小说，比如《大淖记事》，浪费了材料，你稍微抻一抻就变成中篇了。我说我不抻，我就是这样。拉长了干什么呀？我要表达的东西那一万二千字就够了。作品写短有个好处，就是作品的实际容量是比抻长了要大，你没写出的生活并不是浪费，读者是可以感觉得到的。读者感觉到这个作品很饱满，那个作品很单薄，就是因为作者的生活底子不同，反映在作品里的分量也就不同。生活只有那么一点，又要拉得很长，其结果只有一途，就是瞎编。瞎编和虚构不是一回事。瞎编是你根本不知道那个生活。我在《光明日报》上发表过一篇很短的文章，叫做《说短》。我主张宁可把长文章写短了，不可把短文章抻长了。这是上算的事情。因为你作品总的分量还是在那儿，压缩了的文章的感人力量会更强一些。写小说很重要的一点就是要懂得舍弃。

第二谈谈思想问题。一个作家当然要有自己的思想。作家所创作的形象没有一个不是浸透了作家自己的思想的，完全客观的形象是不可能有的。但这个思想必须是你自己的思想，你自己从生活里头直接得到的想法。也就是说你对你所写的那个生活、那个人、那个事件的态度，要具体化为你的感情，不能是个概念的东西。当然我们的思想应该是在马克思主义、毛泽东思想的指导之下，但是你不能把马克思的某一句话，或是某一个政策条文，拿来当作你的思想。那个是引导、指导你思想的东西，而不是你本人的思想。作家写作品，常有最初触发他的东西，有原始的冲动，用文学理论教科书上的话来说，就是创作的契因。这是从哪里来的？是你看了生活以后有所感，有所动，有了些想法的结果。可能你的想法还是朦胧的，但是真切的、真实的。这一点是很重要的。我为什么写《受戒》？我看到那些和尚、那些村姑，感觉到他们的感情是纯洁的、高贵的、健康的，比我生活圈中的人，要更优美些。按现在的话说就是对劳动人民的情操有了理解，因此我想写出它来。最初写时我没打算发表，当时发表这种小说的可能性也不太大。要不是《北京文学》的李清泉同志，根本不可能发表。在一个谈创作思想问题的会上，有人知道我写了这样一篇小说，还把它作为一种文艺动态来汇报。但我就是有这个创作的欲望、冲动，想表现表现这样一些人。我给它取个说法，叫"满足我自己美学感情的需要"。人家说："你没打算发表，写它干什么？"我说："我自己想写，我写出来留着自己玩儿。"我把自己对生活的看法表现出来了，我觉得要有这个追求。《大淖记事》是怎样写出来的？我小时候就知道，有一个小锡匠和一个水上保安队的情妇发生恋爱关系，叫水上保安队的兵把他打死过去，后来拿尿碱把他救活了。我那时才十六岁，还没有什么"优美的感情、高尚的情操"这么一些概念，但他们这些人对爱情执着的态度给了我很深的感触。朦朦胧胧地觉得，他为了爱情打死了都干。写巧云的模特儿是另外一个人，不是她，我把她挪到这儿来了，这是常有的事。我们家巷子口是挑夫集中的地方，还有一些轿夫。有一个姓黄的轿夫，他的姓我现在还记得，他突然得了血丝虫病，就是象腿病。腿那么粗，抬轿是靠腿脚吃饭的，腿搞成那个样子，就完了！怎么生活下去呢？他有个老婆，不很起眼，头发黄黄的，衣服也不整齐，也不是很精神的，我每天上学都看见她。过两天，我再看见她时，咦，变了个样儿！头发梳得光光的，衣服也穿得很整齐,她去当挑夫去了。用现在的话说,是勇敢地担负起全家生活的担子。当时我很惊奇,或者说我很佩服。这种最初激动你,刺激你的那个东西很重要。没有那个东西,你写出的东西很可能是从概念出发的。对生活的看法,对人和事的看法,最后要具体化为你对这些人的感情,不能单是概念的,理念的东西。单有那个东西恐怕不行。你的这种感情,这种倾向性,这种思想,是不是要在作品中表现出来?据我了解大概有三种态度。一种是极力把自己的思想、感情说出来。有时候正面地发些议论,作者跳出来说话,表明我对这个事情是什么什么看法。这个也不是不可以。还有一种是不动声色,只是把这个事儿,表面上很平静地说出来,海明威就是这样。海明威写《老人与海》,他并不在里面表态。还有一种,是取前面二者而折衷,是折衷主义。我就是这种态度。我觉得作者的态度、感情是要表现出来的,但是不能自己站出来说,只能在你的叙述之中,在你的描写里面,把你的感情、你的思想溶化进去,在字里行间让读者感觉到你的感情，你的思想。

　　第三我谈谈结构技巧问题。我在大学里跟沈从文先生学了几门课。沈先生不会讲话，加上一口湘西凤凰腔，很不好懂。他没有说出什么大道理，只是讲了些很普通的经验。他讲了一句话，对我的整个写作是很有指导作用的，但当时我们有些同学不理解他的话。他翻来覆去地说要"贴到人物来写"，要"紧紧地贴到人物来写"。有同学说"这是什么意思？"以我的理解，一个是他对人物很重视。我觉得在小说里，人物是主要的，或者是主导的，其他各个部分是次要的，是派生的。当然也有些小说不写人物，有些写动物，但那实际上还是写人物；有些着重写事件；还有的小说甚至也没人物也没事件，就是写一种气氛，那当然也可以，我过去也试验过。但是，我觉得，大量的小说还是以人物为主，其他部分如景物描写等等，都还是从人物中派生出来的。现在谈我的第二点理解。当然，我对沈先生这话的理解，可能是"歪批《三国》"，完全讲错了的。我认为沈先生这句话的第二层意思是指作者和人物的关系问题。作者对人物是站在居高临下的态度，还是和人物站在平等地位的态度？我觉得应该和人物平等。当然，讽刺小说要除外，那一般是居高临下的。因为那种作品的人物是讽刺的对象，不能和他站在平等的地位。但对正面人物是要有感情的。沈先生说他对农民、士兵、手工业者怀着"不可言说的温爱"。我很欣赏"温爱"这两个字。他没有用"热爱"而用"温爱"，表明与人物稍微有点距离。即使写坏人，写批判的人物，也要和他站在比较平等的地位，写坏人也要写得是可以理解的，甚至还可以有一点儿"同情"。这样这个坏人才是一个活人，才是深刻的人物。作家在构思和写作的过程中，大部分时间要和人物溶为一体。我说大部分时间，不是全过程，有时要离开一些，但大部分时间要和人物"贴"得很紧，人物的哀乐就是你的哀乐。不管叙述也好，描写也好，每句话都应从你的肺腑中流出，也就是从人物的肺腑中流出。这样紧紧地"贴"着人物，你才会写得真切，而且才可能在写作中出现"神来之笔"。我的习惯是先打腹稿，腹稿打得很成熟后，再坐下来写。但就是这样，写的时候也还是有些东西是原来没想到的。比如《大淖记事》写十一子被打死了，巧云拿来一碗尿碱汤，在他耳边说："十一子，十一子，你喝了！"十一子睁开眼，她把尿碱汤灌了进去。我写到这儿，不由自主地加了一句："不知道为什么，她自己也尝了一口。"我写这一句时是流了眼泪的，就是我"贴"到了人物，我感到了人物的感情，知道她一定会这样做。这个细节是事先没有想到的。当然人物是你创造的，但当人物在你心里活起来之后，你就得随时跟着他。王蒙说小说有两种，一种是贴着人物写，一种是不贴着人物写（他的这篇谈话我没有看到，是听别人说的）。当然不贴着人物写也是可以的。有的小说主要不是在写人物，它是借题发挥，借人物发议论。比如法郎士的小说，他写卖菜的小贩骂警察，就是这么点事。他也没有详细地写小贩怎么着，他拉开发了一大通议论，实际是通过卖菜的小事件发挥对资产阶级虚伪的法制的批判。但大部分小说是写人物的，还是贴着人物写比较好。第三，沈先生所谓"贴到人物写"，我的理解，就是写其他部分都要附丽于人物。比如说写风景也不能与人物无关。风景就是人物活动的环境，同时也是人物对周围环境的感觉。风景是人物眼中的风景，大部分时候要用人物的眼睛去看风景，用人物的耳朵去听声音，用人物的感觉去感觉周围的事件。你写秋天，写一个农民，只能是农民感觉的秋天，不能用写大学生感觉的秋天来写农民眼里的秋天。这种情况是有的，就是游离出去了，环境描写与人物相脱节，相游离。

如果贴着人物写景物，那么不直接写人物也是写人物。我曾经有一句没有解释清楚的话，我认为"气氛即人物"，讲明白一点，即是全篇每一个地方都应浸透人物的色彩。叙述语言应该尽量与人物靠近，不能完全是你自己的语言。对话当然必须切合人物的身份，不能让农民讲大学生的话。对话最好平淡一些，简单一些，就是普通人说的日常话，不要企图在对话里赋予很多的诗意，很多哲理。托尔斯泰有句名言："人是不能用警句交谈的。"有些青年人给我寄来的稿子里，大家都在说警句，生活要真那样，受得了吗？年轻时我也那么干过，我写两个知识分子，自己觉得好像写得很漂亮。可是我的老师沈从文看后却说："你这不是两个人在对话，是两个聪明脑壳在打架。"我事后想，觉得也有道理，即使是知识分子也不能老是用警句交谈啊。写小说尤其要注意这一点，它与写戏剧不一样。戏剧可以允许人物说一点警句，比如莎士比亚写"活着还是不活，这是个问题……"放在小说里就不行。另外戏剧人物可以长篇大论，生活中的人物却不可能长篇大论。李笠翁有句名言很有道理，他说："写诗文不可写尽，有十分只能说出二三分。"这个见解很精辟。写戏不行，有十分就得写出十分，因为它不是思索的艺术，不能说我看着看着可以掩卷深思，掩卷深思这场就过去了！我曾经写过一篇很短的小说，写一个孩子，在口外坝上，坐在牛车上，好几里地都是马兰花。这花湖南好像没有，像蝴蝶花似的，淡紫蓝色，花开得很大。我写这个孩子的感觉，也就是我自己的亲身感觉。我曾经坐过

小说创作随谈　115

这样的牛车，我当时的感觉好像真是到了一个童话的世界。但我写这个孩子就不能用这句话，因为孩子是河北省农村没上过学的孩子，他根本不知道何为童话。如果我写他想"真是在一个童话里"，那就蛮不真实了。我只好写他觉得好像在一个梦里，这还差不多。我在一个作品里写一个放羊的孩子，到农业科学研究所去参观温室。他没见过温室，是个山里的孩子。他很惊奇，很有兴趣，把它叫"暖房"。暖房里冬天也结黄瓜，也结西红柿。我要写他对黄瓜、西红柿是什么感觉。如果我写他觉得黄瓜、西红柿都长得很鲜艳，那完了！山里孩子的嘴里是不会说"鲜艳"两字的。我琢磨他的感觉，黄瓜那样绿，西红柿那样红，"好像上了颜色一样"。我觉得这样的叙述语言跟人物比较"贴"。我发现有些作品写对话时还像个农民，但描写的时候就跟人物脱节了，这就不能说"贴"住了人物。

另外谈谈语言的问题。我的老师沈从文告诉我，语言只有一个标准，就是准确。一句话要找一个最好的说法，用朴素的语言加以表达。当然也有华丽的语言，但我觉得一般地说，特别是现代小说，语言是越来越朴素，越来越简单。比如海明威的小说，都是写的很简单的事情，句子很短。

下面再讲讲结构问题。结构是多种多样的，没有个成法。大体上有两种结构，一种是较严谨的结构，一种是较松散的结构。莫泊桑的结构比较严谨，契诃夫的结构就比较松散。我是倾向于松散的。我主张按照生活本身的形式来结构作品。有的人说中国结构的特点是有头有尾，从头说到尾。我觉得不一定，用比较跳动的手法也完全可以。我很欣赏苏辙（大概是苏辙）对白居易的评价。他说白居易"拙于记事，寸步不离，犹恐失之。"乍听这种说法会很奇怪，白居易是有名的善于写叙事诗的，苏辙却说他"拙于记事"。其实苏辙的话是有道理的，因为白居易"寸步不离"，对事儿一步不敢离开，"犹恐失之"，生怕把事儿写丢了，这样的写法必定是费力不讨好的。苏辙还说杜甫的《丽人行》是高明的杰作。他说《丽人行》同样是写杨贵妃的，然而却"……似百金战马，注坡蓦涧，如履平地。"也就是用打乱了的、跳动的结构。我是主张搞民族形式的，但是说民族形式就是有头有尾，那不一定对。我欣赏中国的一个说法，叫做"文气"，我觉得这是比结构更精微，更内在的一个概念。什么叫文气？我的解释就是内在的节奏。"桐城派"提出，所谓文气就是文章应该怎么想，怎么落，怎么断，怎么连，怎么顿等等这样一些东西，讲究这些东西，文章内在的节奏感就很强。清代的叶燮讲诗讲得很好，说如泰山出云，泰山不会先想好了，我先出哪儿，后出哪儿，没有这套，它是自然冒出来的。这就是说文章有内在的规律，要写得自然。我觉得如果掌握了"文气"，比讲结构更容易形成风格。文章内在的各部分之间的有机联系是非常重要的。有的文章看起来很死板，有些看起来很活。这个"活"，就是内在的有机联系，不要单纯地讲表面的整齐、对称、呼应。

最后谈谈作者的修养问题。在北京有个年轻同志问我："你的修养是怎么形成的？"我告诉他："古今中外，乱七八糟。"我说你应该广泛地吸收。

写小说的除了看小说，还要多看点别的东西。要读点民歌，读点戏剧，这里头有很多好东西，值得我们搞小说创作的人学习。我的话说得太多了，瞎说一气，很多地方是我的一家之言！

一九八三年

关于小小说

希腊人对于"诗铭"的要求是：

诗铭像蜜蜂。
一要蜜，
二要刺，
三要小身体。

这要求也可以移之于小小说，一篇好的小小说应该同时具备：有蜜，即有诗意；有刺，即有所讽喻；当然，还要短小精致。

《都城纪胜》论说书云："最畏小说人，盖小说者能以一朝一代故事顷刻间提破"。"提破"不知究竟当作何解释，但望文生义，大概就是提醒点破的意思。唯其能于"顷刻间提破",所以"可畏"。小小说正应该这样,几句话就点出一种道理,如张岱记柳敬亭说书"找截干净,并不唠叨"。

有一幅宋人小画,只于尺幅中画一宫门,一宫女早起出门倒垃圾,倒的全是荔枝、桂圆、鸭脚(即百果)之类的皮壳。完全没有画灯火笙歌,但是宫苑生活的豪华闲逸都表现出来了。小小说也当这样。一般地说,小小说只能反映生活的一个侧面,但要让人想象出生活的全盘,写小小说,要留出大量空白。能不说的,尽量删去。

昔人云:"忙中不及作草,家贫难办素食。"看人以为草字是匆匆忙忙地写出来的,没有时间,就潦潦草草写上几行。其实不是这样,无论是章草、狂草,都必须在心气平和,好整以暇时动笔,才能一气呵成,疏密有致。白石老人题画曰:"心闲气静时一挥",只有心闲气静,才能一挥而就。意大利的莱奥纳尔多·夏侠在小说《白天的猫头鹰》附记中说:"'请你们原谅,这封信长了点儿'伟大的十八世纪的一个法国男人(或女人)写道,因为我没有时间把它写得短些。"这是经验之谈。冗长芜杂往往由于匆忙粗率。素菜是不好办的。一般人家，炒个肉丝什么的，不算什么。真要炒出一盘好素菜，可困难。要极好的鲜菜，要好配料——冬笋、松菌、核桃仁、百果、山药……要好刀功，好火候。一篇好的小小说要像几行神完气足的草书，一盘生鲜碧绿的素菜。

一九八三年

传　神

看过一则杂记，唐朝有两个大画家，一个好像是韩干，另外一个我忘了，二人齐名，难分高下。有一次，皇帝——应该是玄宗了——命令他们俩同时给一个皇子画像。画成了，皇帝拿到宫里请皇后看，问哪一张画得像。皇后说："都像。这一张更像。——那一张只画出皇子的外貌，这一张画出了皇子的潇洒从容的神情。"于是二人之优劣遂定。哪一张更像呢？好像是韩干以外的那一位的一张。这个故事，对于写小说是很有启发的。

小说是写人的。写人，有时免不了要给人物画像。但是写小说不比画画，用语言文字描绘人物的形貌，不如用线条颜色表现得那样真切。十九世纪的小说流行摹写人物的肖像，写得很细致，但是不易使读者留下深刻的印象。但是用语言文字捕捉人物的神情——传神，是比较容易办到的，有时能比用颜色线条表现得更鲜明。中国画讲究"形神兼备"，对于写小说来说，传神比写形象更为重要。

我的老师沈从文写《边城》里的翠翠乖觉明慧，并没有过多地刻画其外形，只是捕捉住了翠翠的神气：

> 翠翠在风日里长养着，把皮肤变得黑黑的，触目为青山绿水，一对眸子清明如水晶。自然既长养她且教育她，为人天真活泼，处处俨然如一只小兽物。人又那么乖，如山头黄麂一样，从不想到残忍事情，从不发怒，从不动气。平时在渡船上遇陌生人对她有所注意时，便把光光的眼睛瞅着那陌生人，作成随时皆可举步逃入深山的神气，但明白了人无机心后，就又从从容容地在水边玩耍了。

鲁迅先生曾说过：有人说，画一个人最好是画他的眼睛。传神,离不开画眼睛。

《祝福》两次写到祥林嫂的眼睛:

> 她不是鲁镇人。有一年的冬初,四叔家里要换女工,做中人的卫老婆子带她进来了,头上系着白头绳,乌裙,蓝夹袄,月白背心,年纪大约二十六七,脸色青黄,但两颊却还是红的。卫老婆子叫她祥林嫂,说是自己母亲的邻舍,死了当家人,所以出来做工了。四叔皱了皱眉,四婶已经知道了他的意思,是在讨厌她是一个寡妇。但看她模样还周正,手脚都壮大,又只是顺着眼,不开一句口,很像一个安分耐劳的人,便不管四叔的皱眉,将她留下了。

> 我这回在鲁镇所见的人们中,改变之大,可以说无过于她的了:五年前的花白的头发,即今已经全白,全不像四十上下的人;脸上瘦削不堪,黄中带黑,而且消尽了先前悲哀的神色,仿佛是木刻似的;只有那眼珠间或一轮,

还可以表示她是一个活物。

"顺着眼",大概是绍兴方言;"间或一轮",现在也不大用了,但意思是可以懂得的,神情可以想见。这"顺"着的眼和间或一轮的眼珠,写出了祥林嫂的神情和她的悲惨的遭遇。

我在几篇小说里用过画眼睛的方法:

> 两个女儿,长得跟她娘像一个模子里脱出来的。眼睛长得尤其像,白眼珠鸭蛋青,黑眼珠棋子黑,定神时如清水,闪动时像星星。浑身上下,头是头,脚是脚。头发滑滴滴的,衣服格挣挣的——这里的风俗,十五六岁的姑娘就都梳上头了。这两个丫头,这一头的好头发!通红的发根,雪白的簪子!娘女三个去赶集,一集的人都朝她们望。(《受戒》)

> 巧云十五岁,长成了一朵花。身材、脸盘都像妈。瓜子脸,一边有一个很深的酒窝。眉毛黑如鸦翅,长入鬓角。眼角有点吊,是一双

凤眼。睫毛很长,因此显得眼睛经常眯眯着;忽然回头,睁得大大的,带点吃惊而专注的神情,好像听到远处有人叫她似的。(《大淖记事》)

对于异常漂亮的女人,有时从正面直接地描写很困难;或者已经写了,还嫌不足,中国的和外国的古代的诗人,不约而同地想出另外一种聪明的办法,即换一个角度,不是描写她本人,而是间接地,描写看到她的别人的反映,从别人的欣赏、倾慕来反衬出她的美。希腊史诗《伊里亚特》里的海伦皇后是一个绝世的美人,但是荷马在描写她的美时,没有形容她的面貌肢体,只是用相当篇幅描写了看到她的几位老人的惊愕。汉代乐府《陌上桑》描写罗敷,也是用的这种方法:

> 行者见罗敷,下担捋髭须。
> 少者见罗敷,脱帽著帩头。
> 耕者忘其犁,锄者忘其锄。
> 来归相怨怒,但坐观罗敷。

这种方法，不能使人产生具体的印象，但却可以唤起读者无边的想象。他没有看到这个美人是如何的美，但是他想得出她一定非常的美。这样的写法是虚的，但是读者的感受是实的。

这种方法，至少已经有两千多年的历史了，但是现代的作家还在用着。赵树理《小二黑结婚》写小芹，就用过这种方法（我手边无树理同志这篇小说，不能具引）。我在《大淖记事》里写巧云，也用了这种方法：

……她在门外的两棵树杈之间结网，在淖边平地上织席，就有一些少年人装着有事的样子来来去去。她上街买东西，甭管是买肉，买菜，打油，打酒，撕布，量头绳，买梳头油、雪花膏，买石碱、浆块，同样的钱，她买回来，分量都比别人多，东西都比别人的好。这个奥秘早被大娘、大婶们发现，她们就托她买东西，只要巧云一上街，都挎了好几个竹篮，回来时压得两个胳臂酸疼酸疼。泰山庙唱戏，人家都是自己扛了板凳去，巧云散着手就去了。一去了，总有人给她找一个得看的好座。台上的戏唱得正热闹，但是没有多少人叫好。因为好些人不是在看戏，是看她。

前引《受戒》里的"娘女三个赶集，一集的人都朝她们望"，用的也是这方法，只是繁简不同。

这些方法古已有之，应该说是陈旧的方法了，但是运用得好，却可以使之有新意，使人产生新鲜感。方法是不难理解的，也是不难掌握的，但是运用起来，却有不同。运用得好，使人觉得自自然然，很妥帖，很舒服，不露痕迹。虽然有法，恰似无法，用了技巧，却显不出技巧，好像是天生的一段文字，本来就该像这样写。用得不好，就会显得卖弄做作，笨拙生硬，使人像吃馒头时嚼出一块没有蒸熟的生面疙瘩。

这些，写神情、画眼睛，从观赏者的角度反映出人的姿媚，都只是方法，是"用"，而不是"体"。"体"，是生活。没有丰富的生活积累，只是知道这些方法，还是写不出好作品的。反之，生活丰富了，对于这些方法，也就容易掌握，容易运用自如。

不过，作为初学写作者，知道这些方法，并且有意识地作一些练习，学习用几句话捉住一个人的神情，描绘若干双眼睛，尝试从别人的反映来写人，是有好处的。这可以锻炼自己的艺术感觉，并且这也是积累生活的验方。生活和艺术感是互相渗透，互为影响的。

一九八四年一月十日

谈谈风俗画

有几位评论家都说我的小说里有风俗画。这一点是我原来没有意识到的。经他们一说，我想想倒是有的。有一位文学界的前辈曾对我说："你那种写法是风俗画的写法。"并说这种写法很难。风俗画的写法是怎样一种写法？这种写法难么？我不知道。有人干脆说我是一个风俗画作家……

我是很爱看风俗画的。十七世纪荷兰学派的画，日本的浮世绘，我都爱看。中国的风俗画的传统很久远了。汉代的很多画像石刻、画像砖都画（刻）了迎宾、饮宴、耍杂技——倒立、弄丸、弄飞刀……有名的说书俑，滑稽中带点愚蠢，憨态可掬，看了使人不忘。晋唐的画以宗教画、宫廷画为大宗。但这当中也不是没有风俗画，敦煌壁画中的杰作《张义潮出巡图》就是。墓葬中的笔致粗率天真的壁画，也多涉及当时的风俗。宋代风俗画似乎特别的流行，《清明上河图》是一个突出的例子。我看这幅画，能够一看看半天。我很想在清明那天到汴河上去玩玩，那一定是非常好玩的。南宋的画家也多画风俗。我从马远的《踏歌图》知道"踏歌"是怎么回事，从而增加了对"桃花潭水深千尺，不及汪伦送我情"的理解。这种"踏歌"的遗风，似乎现在朝鲜还有。我也很爱李嵩、苏汉臣的《货郎图》，它让我知道南宋的货郎担上有那么多卖给小孩子们的玩意，真是琳琅满目，都蛮有意思。元明的风俗画我所知甚少。清朝罗两峰的《鬼趣图》可以算是风俗画。幸好这时兴起了年画。杨柳青、桃花坞的年画大部分都是风俗画，连不画人物只画动物的也都是，如《老鼠嫁女》。我很喜欢这张画，如鲁迅先生所说，所有俨然穿着人的衣冠的鼠类，都尖头尖脑的非常有趣。陈师曾等人都画过北京市井的生活。风俗画的雕塑大师是泥人张。他的《钟馗嫁妹》《大出丧》，是近代风俗画的不朽的名作。

　　我也爱看讲风俗的书。从《荆楚岁时记》直到清朝人写的《一岁货声》之类的书都爱翻翻。还是上初中的时候，一年暑假，我在祖父的尘封的书架上发现了一套巾箱本木活字聚珍版的丛书，里面有一册《岭表录异》，我就很感兴趣地看起来，后来又看了《岭外代答》。从此就对讲地理的书、游记，产生了一种嗜好。不过我最有兴趣的是讲风俗民情的部分，其次是物产，尤其是吃食。对山川疆域，我看不进去，也记不住。宋元人笔记中有许多是记风俗的，《梦溪笔谈》《容斋随笔》里有不少条记各地民俗，都写得很有趣。明末的张岱特长于记述风物节令，如记西湖七月半、泰山进香，以及为祈雨而赛水浒人物，都极生动。虽然难免有鲁迅先生所说的夸张之处，但是绘形绘声，详细而不琐碎，实在很叫人向往。我也很爱读各地的竹枝词，尤其爱读作者自己在题目下面或句间所加的注解。这些注解常比本文更有情致。我放在手边经常看看的一本书是古典文学出版社出的《东京梦华录》（外四种——

《都城纪胜》《西湖老人繁胜录》《梦粱录》《武林旧事》）。这样把记两宋风俗的书汇为一册，于翻检上极便，是值得感谢的，只是断句断错的地方太多。这也难怪。有一位历史学家就说过《东京梦华录》是一本难读的书。因为对当时的情形和语言不明白，所以不好断句。

我对风俗有兴趣，是因为我觉得它很美。我曾经在一篇文章里说过："我以为风俗是一个民族集体创作的生活的抒情诗"（《〈大淖记事〉是怎样写出来的》）。这是一句随便说说的话，没有任何学术意义。但也不是一点道理没有。我以为，风俗，不论是自然形成的，还是包含一定的人为的成分（如自上而下的推行），都反映了一个民族对生活的挚爱，对"活着"所感到的欢悦。他们把生活中的诗情用一定的外部的形式固定下来，并且相互交流，溶为一体。风俗中保留一个民族的常绿的童心，并对这种童心加以圣化。风俗使一个民族永不衰老。风俗是民族感情的重要的组成部分。斯大林把民族感情列为民族的要素之一。民族感情是抽象的，看不见摸不着，但它确实存在着。民族感情常常体现在风俗中。风俗，是具体的。一种风俗对维系民族感情的作用是不可估量的，如那达慕、刁羊、麦西来甫、三月街……

所谓风俗，主要指仪式和节日。仪式即"礼"。礼这个东西，未可厚非。据说辜鸿铭把中国的"礼"翻译成英语时，译为"生活的艺术"。这传闻不知是否可靠，但却很有意思。礼是具有艺术性的，很好玩的，假如我们抛开其中迷信和封建的内核，单看它的形式。礼，包括婚礼和丧礼。很多外国的和中国少数民族的民间舞蹈常常以"××人的婚礼"作题目，那是在真实的婚礼的基础上加工而成的。结婚，对一个少女来说，意味着迈进新的生活，同时也意味着向过去的一切告别了。因此，这一类的舞蹈大都既有喜悦，又有悲哀，混和着复杂的感情，其动人处，也在此。中国西南几个民族都有"哭嫁"的习俗。临嫁的姑娘要把要好的姊妹约来哭（唱）一夜甚至几夜。那歌词大都是充满了真情，很美的。我小时候最爱参加丧礼，不管是亲戚家还是自己家的。我喜欢那种平常没有的"当大事"的肃穆的气氛，所有的人好像一下子都变得雅起来，多情起来了，大家都像在演戏，扮演一种角色，很认真地扮演着。我喜欢"六七开吊"，那是戏的顶点。我们那里开吊都要"点主"。点主，就是在亡人的牌位上加点。白木的牌位上事先写好了某某人之"神王"，要在王字上加一点，这才成了"神主"，点主不是随随便便点的，很隆重。要请一位有功名的老辈人来点。点主的人就位后，生喝道："凝神——想象，请加墨主！"点主人用一枝新墨笔在"王"字上点一点；然后再："凝神——想象，请加硃主！"点主人再用朱笔点一点，把原来的墨点盖住。这样，那个人的魂灵就进了这块牌位了。"凝神——想象"，这实在很有点抒情的意味，也很有戏剧性。我小时看点主，很受感动，至今印象很深。

至于节日，那更不用说了。试想一下，如果没有那样多的节，我们的童年将是多么贫乏，多么缺乏光彩呀。日本人对传统的节日非常重视。多么现代化的大企业，到了盂兰盆节这一天，也要停产放假，举行集体的娱乐活动。这对于培养和增强民族的自信，无疑是会有好处的。

风俗，仪式和节日，是历史的产物，它必然是要消亡的。谁也不会提出恢复所有的传统的风俗，但是把它们记录下来，给现在的和将来的人看看，是有着各方面的意义的。我很希望中国民俗学会能编出两本书，一本《中国婚丧礼俗》，一本《中国的节日》。现在着手，还来得及。否则，到了"礼失而求于野"，要到穷乡僻壤去访问搜集，就费事了。

为什么要在小说里写进风俗画？前已说过，我这样做原是无意的。只是因为我的相当一部分小说是写的家乡的，写小城的生活，平常的人事，每天都在发生，举目可见的小小悲欢，这样，写进一点风俗，便是很自然的事了。"人情"和"风土"原是紧密关联的。写一点风俗画，对增加作品的生活气息、乡土气息，是有帮助的。风俗画和乡土文学有着血缘关系，虽然二者不是一回事。很难设想一部富于民族色彩的作品而一点不涉及风俗。鲁迅的《故乡》《社戏》，包括《祝福》，是风俗画的典范。《朝花夕拾》每篇都洋溢着罗汉豆的清香。沈从文的《边城》如果不是几次写到端午节赛龙船，便不会有那样浓郁的色彩。"风俗画小说"，在一般人的概念里，不是一个贬词。

风俗画小说的文体几乎都是朴素的。风俗本身是自自然然的。记述风俗的书原来不过是聊资谈助，大都是随笔记之，不事雕饰。幽兰居士孟元老《东京梦华录序》云："此录语言鄙俚，不以文饰者，盖欲上下通晓耳，观者幸详焉。"用华丽的文笔记风俗的人好像还很少。同样，风俗画小说所记述的生活也多是比较平实的，一般不太注重强烈的戏剧化的情节。写风俗而又富于浪漫主义的戏剧性的情节的，似乎只有梅里美一人。但他所写的往往是异乡的奇俗（如世代复仇），而且通常是不把梅里美列在风俗画作家范围内的。风俗画小说，在本质上是现实主义的。

记风俗多少有点怀旧，但那是故国神游，带抒情性，并不流于伤感。风俗画给予人的是慰藉，不是悲苦。就我所见过的风俗画作品来看，调子一般不是低沉的。

小说里写风俗，目的还是写人。不是为写风俗而写风俗，那样就不是小说，而是风俗志了。风俗和人的关系，大体有这样三种：

一种是以风俗作为人的背景。

一种是把风俗和人结合在一起，风俗成为人的活动和心理的契机。比如：

> 去年元夜时，
> 花市灯如昼，
> 月上柳梢头，
> 人约黄昏后。

又如苏北民歌《探妹》：

> 正月里探妹正月正，
> 我带小妹子看花灯，

看灯是假的，

妹子呀，试试你的心。

《边城》几次写端午节赛龙船，和翠翠的情绪的发育和感情的变化是紧紧扣在一起的，并且是情节发展不可缺少的纽带。

也有时，看起来是写风俗，实际上是在写人。我的小说里写风俗占篇幅最长的大概是《岁寒三友》里描写放焰火的一段。因为这篇小说见到的人不是很多，我把这一段抄录在下面：

> 这天天气特别好。万里无云，一天皓月。阴城的正中，立起一个四丈多高的架子。有人早早吃了晚饭，就扛了板凳来等着了。各种卖小吃的都来了。卖牛肉高粱酒的，卖回卤豆腐干的，卖五香花生米的、芝麻灌香糖的，卖豆腐脑的，卖煮荸荠的，还有卖河鲜——卖紫皮鲜菱角和新剥鸡头米的……到处是"气死风"的四角玻璃灯，到处是白蒙蒙的热气、香喷喷

的茴香八角气味。人们寻亲访友，说短道长，来来往往，亲亲热热。阴城的草都被踏倒了。人们的鞋底也叫秋草的浓汁磨得滑溜溜的。

忽然，上万双眼睛一齐朝着一个方向看。人们的眼睛一会儿睁大，一会儿眯细；人们的嘴一会儿张开，一会儿又合上；一阵阵叫喊，一阵阵欢笑，一阵阵掌声。——陶虎臣点着了焰火了。

（中间还有一段具体描写几种焰火，文长不录）

……火光炎炎，逐渐消隐，这时才听到人们呼唤：

"二丫头，回家咧！"

"四儿，你在哪儿哪？"

"奶奶，等等我，我鞋掉了！"

人们摸摸板凳，才知道：呀，露水下来了。

这里写的是风俗，没有一笔写人物，但是我自己知道笔笔都着意写入，写的是焰火的制造者陶虎臣。我是有意在表现人们看焰火时的欢乐热闹气氛中表现生活一度上升时期陶虎臣的愉快心情，表现用自己的劳作为人们提供欢乐，并于别人的欢乐中感到欣慰的一个善良人的品格的。这一点，在小说里明写出来，也是可以的，但是我故意不写，我把陶虎臣隐去了，让他消融在欢乐的人群之中。我想读者如果感觉到看焰火的热闹和欢乐，也就会感觉到陶虎臣这个人。人在其中，却无觅处。

写风俗，不能离开人，不能和人物脱节，不能和故事情节游离。写风俗不能留连忘返，收不到人物的身上。风俗画小说是有局限性的。一是风俗画小说往往只就人事的外部加以描写，较少刻画人物的内心世界，不大作心理描写，因此人物的典型性较差。二是，风俗画一般是清新浅易的，不大能够概括十分深刻的社会生活内容，缺乏历史的厚度，也达不到史诗一样的恢宏的气魄。因此，风俗画小说常常不能代表一个时代的文学创作的主流。这一点，风俗画小说作者应该有自知之明，不要因为自己的作品没有受到重视而气愤。

因此，我希望自己，也希望别人，不要只是写风俗画。并且，在写风俗画小说时也要有所突破，向生活的深度和广度掘进和开拓。

一九八四年一月二十二日

流派要发展，要有新剧目

——读李一氓《论程砚秋》有感

李一氓同志《论程砚秋》(《文艺研究》1983年第三期)在戏曲界似乎没有引起多大反响，我觉得有些奇怪。这是一篇科学地分析流派的重要文章。也许因为我孤陋寡闻，这样地分析流派的文章，我以前还没有见过。

一般分析流派，多从唱腔入手。论程派尤其是这样。一氓同志的文章一开头也说："在京戏这个剧种提到程派的时候，很容易使人指出形成这个派，是因为在声乐上创造了独特的程腔。由于程腔低徊婉转的特点，就联结了戏剧的悲剧性质。"一氓同志以为"这个理解，大致不差。"但是他以为这"还不是基本的特点。显著的基本的特点是程派戏的阶级性质，大部分是以市民阶层和中产阶级下层为其戏剧人物的构成，而很少才子、佳人、帝王、将相。有，很少。人物大都是市民阶层或中产阶级下层的被压抑者。由于这一阶级构成，所以大部分戏不能不赋予悲剧的性质。分析程派戏的顺序只能如此，而不能以唱腔为首，然后影响戏剧人物，然后形成悲剧。"

从内容出发，从剧目出发，从戏剧人物、戏剧人物的阶级地位出发，分析到一个流派的唱腔（以及身段、动作），我以为这是正确的方法。

一个演员演出的剧目是很复杂的，但是他总有一些代表作，一些他自己特别喜爱、塑造得成功的人物。我们可以从他的代表作，他爱演的人物，来看出他的思想倾向和艺术特点——包括唱腔。

一珉同志着重分析了四出程派戏：《荒山泪》《春闺梦》《锁麟囊》《亡蜀鉴》，指出这些剧目"反对什么，同情什么，主题是鲜明的。程砚秋本人，不愧为一位杰出的艺术家。程派之所以为程派，他的表演艺术，特别是他的唱腔的创造，自也包含在内。这是应该统一来认识的。"本来，从内容和形式的统一,来认识一个流派,这是无可争议的,并且也不算是什么新奇的方法,可是一般谈流派的,似乎忘记了这个方法。他们或者本末倒置,认为唱腔(和表演)决定剧目,决定人物,形式决定内容;或者干脆不谈剧目,不谈人物,只说唱腔,似乎流派只是形式。这样不但流于皮相,而且往往似是而非、说得很玄。目前流派问题颇有争论,而且有些混乱,一氓同志提出这样的观点,是很有启发的。

一氓同志分析唱腔,也是很有见地的。一提到程腔,人们就会想到这是悲剧唱腔。一氓同志指出:"每个剧种都有悲剧,都有悲剧的唱腔。而程腔则是独有低徊婉转、荡气回肠的感人力量。程腔的好处,主要不在刚劲的一面,不在有什么激情。这在程腔的发声和曲调的设计上已经规定了的。我并不是说程腔以柔媚取胜,但刚只是柔的补充,决不苍凉,而且有些华丽。"提出程腔的"华丽"真是有"具耳"!这样地分析程腔,不但扩大了我们对程腔欣赏的视野,而且有助于发现和发展程腔的丰富的表现能力。这对于研究其他流派也是很有启发的。研究程派，不能只限于悲悲切切。同样，研究马派，不能只论其潇洒；研究言派，不能只学其衰瑟。他们的艺术，一定还会有和他们的主要特点相辅相成的东西。任何流派，都不能简单对待。

一氓同志在文章接近结尾时说："在时代悲剧逐渐失掉社会意义的情况下，编演不是悲剧的程派戏来发扬程派，这条路是可以走得通的。程派到今天已有一个继承和发扬的问题，只继承，恐怕不行。一讲程派，就同悲剧打个死结，恐怕也不行。"文章最后说："今年，纪念程砚秋逝世二十五周年的演出，没有拿出一个发扬程派的新剧目来，戏剧教育机构和程门弟子将何以自解？"

一氓同志有些论点可以商量，比如悲剧是否已经失去社会意义了？发扬程派是否只是戏剧教育机构的责任？但是其主要论点：流派要发展，要有新剧目，我是完全赞成的。不但程派，梅派、荀派、马派、麒派……都有这个问题。

一九八四年三月二十五日

细节的真实

——习剧札记

戏曲不像电影、小说那样要有很多的细节。传统戏曲似乎不大注重细节描写。但是也不尽然。

《武家坡》。薛平贵在窑外把往事和夫妻分别后的过程述说了一遍,王宝钏相信确是自己的丈夫回来了,开开窑门重相见:

王宝钏(唱)

开开窑门重相见,

我丈夫哪有五绺髯?

薛平贵(唱)

少年子弟江湖老,

红粉佳人两鬓斑。

三姐不信菱花照,

　　　　不似当年在彩楼前。

王宝钏（唱）

　　　　寒窑哪有菱花镜？

薛平贵（白）

　　　　水盆里面——

王宝钏（接唱）

　　　　水盆里面照容颜。

（夹白）老了！

（接唱）

　　　　老了老了真老了，

　　　　十八年老了我王宝钏！

"十八年老了我王宝钏"，一句平常的话中含几许辛酸！这里有一个非常精彩的细节：水盆里面照容颜。如果没有这个细节，戏是还能进行下去的。王宝钏可以这样唱：

　　　　菱花镜内来照影，

　　　　十八年老了我王宝钏！

细节的真实　　149

然而感情上就差得多了。可以说王宝钏的满腹辛酸完全是水盆照影这个细节烘托出来的。寒窑里没有镜子，只能于水盆中照影，王宝钏十八年的苦况，可想而知。征人远出不归，她也没有心思照照自己的模样，她不需要镜子！这个细节是有非常丰富的内涵的。薛平贵的插白也写得极好，只有四个字："水盆里面"，这只是半句话。简短峭拔，增加了感情色彩，也很真实。如果写成一个完整的句子，文气就"懈"了。传统老戏的唱念每有不可及处，不可一概贬之曰："水"。

通过细节刻画人物，深挖感情的例子还有。比如《四进士》，比如《打渔杀家》萧恩父女出门时的对话。比如《三娘教子》老薛保打草鞋为小东人挣得夜读的灯油……

这些细节都是从生活中来的。情节可以虚构，细节则只有从生活中来。细节是虚构不出来的。细节一般都是剧作者从自己的生活感觉中直接提取的。写《武家坡》的人未必知道王宝钏是否真的没有一面镜子，他并没有王宝钏的生活，但是贫穷到没有镜子，只能于水盆中照影，剧作者是一定体验过或观察过这样的生活的。他把自己的生活经验设身处地地加之于王宝钏的身上了。从上述几例，也可说明：写历史剧也需要生活。一个剧作者自己的生活（现代生活）的积累越多，写古人才会栩栩如生。

细节，或者也可叫作闲文。然而传神阿堵，正在这些闲中着色之处。善写闲文，斯为作手。

一九八五年

张大千和毕加索

杨继仁同志写的《张大千传》是一本有意思的书。如果能挤去一点水分，控制笔下的感情，使人相信所写的多是真实的，那就更好了。书分上下册。下册更能吸引人，因为写得更平实而紧凑。记张大千与毕加索见面的一章（《高峰会晤》）写得颇精彩，使人激动。

……毕加索抱出五册画来，每册有三四十幅。张大千打开画册，全是毕加索用毛笔水墨画的中国画，花鸟鱼虫，仿齐白石。张大千有点纳闷。毕加索笑了："这是我仿贵国齐白石先生的作品，请张先生指正。"

张大千恭维了一番，后来就有点不客气了，侃侃而谈起来："毕加索先生所习的中国画，笔力沉劲而有拙趣，构图新颖，但是有一个很大的问题，就是不会使用中国的毛笔，墨色浓淡难分。"

毕加索用脚将椅子一勾，搬到张大千对面，坐下来专注地听。

"中国毛笔与西方画笔完全不同。它刚柔互济，含水量丰，曲折如意。善使用者'运墨而五色具'。墨之五色，乃焦、浓、重、淡、清。中国画，黑白一分，自现阴阳明暗；干湿皆备，就显苍翠秀润；浓淡明辨，凹凸远近，高低上下，历历皆入眼。可见要画好中国画，首要者要运好笔，以笔清为主导，发挥墨法的作用，才能如兼五彩。"

这一番运笔用墨的道理，对略懂一点国画的人，并没有什么新奇。然在毕加索，却是闻所未闻。沉默了一会，毕加索提出：

"张先生，请你写几个中国字看看，好吗？"

张大千提起桌上一支日本制的毛笔，蘸了碳素墨水，写了三个字："张大千。"

（张大千发现毕加索用的是劣质毛笔，后来他在巴西牧场从五千只牛耳朵里取了一公斤牛耳毛，送到日本，做成八支笔，送了毕加索两枝。他回赠毕加索的画画的是两株墨竹——毕加索送张大千的是一张西班牙牧神，两株墨竹一浓一淡，一远一近，目的就是在告诉毕加索中国画阴阳向背的道理。）

毕加索见了张大千的字，忽然激动起来：

"我最不懂的，你们中国人为什么跑到巴黎来学艺术！"

"……在这个世界谈艺术，第一是你们中国人有艺术；其次为日本，日本的艺术又源自你们中国；第三是非洲人有艺术。除此之外，白种人根本无艺术，不懂艺术！"

毕加索用手指指张大千写的字和那五本画册，说："中国画真神奇。齐先生画水中的鱼，没一点色，一根线画水，却使人看到了江河，嗅到水的清香。真是了不起的奇迹。……有些画看上去一无所有，却包含着一切。连中国的字，都是艺术。"这话说得很一般化，但这是毕加索说的，故值得注意。毕加索感伤地说："中国的兰花墨竹，是我永远不能画的。"这话说得很有自知之明。

"张先生，我感到，你是一个真正的艺术家。"

毕加索的话也许有点偏激，但不能说是毫无道理。

毕加索说的是艺术，但是搞文学的人是不是也可以想想他的话？

有些外国人说中国没有文学，只能说他无知。有些中国人也跟着说，叫人该说他什么好呢？

一九八六年十二月三日

浅处见才

——谈写唱词

本色　当行

有人以为本色就是当行。陈师道《后山诗话》："退之以文为诗，子瞻以诗为词，如教坊雷大使之舞，虽极天下之工，要非本色。"他所说的本色实相当于多数人所说的当行。一般认为本色和当行还是略有区别的。本色指少用辞藻，不事雕饰，朴素天然，明白如话。当行是说写唱词像个唱词，写京剧唱词是京剧唱词，不但好懂，而且好唱，好听。

板腔体的剧本都是浅显的。没有不好理解，难于捉摸的词。像"摇漾春如线"这样的句子在京剧、梆子的剧本里是找不出来的。板腔体剧种打本子的人没有多少文化，他们肚子里也没有那么多辞藻。杂剧传奇的唱腔抒情成分很大，京剧剧本抒情性的唱词只能有那么一点点。京剧剧本也偶用一点比兴，但大多数唱词都是"直陈其事"的赋体。杂剧、传奇，特别是传奇的唱词，有很多是写景的；京剧写景极少。向京剧唱词要求"情景交融"，实在是强人所难。因为曲牌体和板腔体体制不同。"碧云天，黄花地，西风紧，北雁南飞。晓来谁染霜林醉，总是离人泪。"是千古绝唱。这只能是杂剧的唱词。这是一支完整的曲子，首尾俱足，改编成京剧，就成了"碧云天，黄花地，西风紧，北雁南翔。问晓来谁染得霜林绛？总是离人泪千行"，变成了一大段唱词的"帽儿"，下面接了叙事性的唱："成就迟分别早叫人惆怅，系不住骏马儿空有这柳丝长。七香车与我把马儿赶上，那疏林也与我挂住了斜阳，好让我与张郎把知心话讲，远望那十里亭痛断人肠！"杂剧的这支"正宫端正好"在京剧里实际上是"腌渍"了。但是这有什么办法？京剧就是这样！王昆仑同志曾和我有一次谈及京剧唱

浅处见才　　157

词，说："'一事无成两鬓斑，叹光阴一去不复还。日月轮流催晓箭，青山绿水常在面前'，到此为止，下面就得接上'恨平王无道纲常乱'，大白话了！"是这样。我在《沙家浜》阿庆嫂的大段二黄中，写了第一句"风声紧雨意浓天低云暗"，下面就赶紧接了一句地道的京剧"水词"："不由人一阵阵坐立不安"。

京剧唱词只能在叙事中抒情，在赋体中有一点比兴，《四郎探母》"胡地衣冠懒穿戴，每日里花开儿的心不开"，我以为这是了不得的好唱词。新编的戏里，梁清濂的《雷峰夕照》里的"去年的竹林长新笋，新娘的孩子渐成人"，也是难得的。

京剧是不擅长用比喻的，大都很笨拙。《探母》和《文昭关》的"我好比"尚可容忍，《逍遥津》的一大串"欺寡人好一似"实在是堆砌无味。京韵大鼓《大西厢》"见张生摇头晃脑，嘚不嘚不，逛里逛荡，好像一碗汤，——他一个人念文章"，说一个人好像一碗汤，实在是奇绝。但在京剧里，这样的比喻用不上，——除非是喜剧。比喻一要尖新，二要现成。尖新不难，现成也不难。尖新而现成，难！

板腔体是一种"体"，是一种剧本的体制，不只是说的是剧本的语言形式，这是一个更深刻的概念。首先这直接关系到结构，——章法。正如写诗，五古有五古的章法，七绝有七绝的章法，差别不只在每一句字数的多少。但这里只想论及语言。板腔体的语言，表面上看只是句子整齐，每句有一定字数，二二三，三三四。更重要的是它的节奏。我在张家口曾经遇到一个说话押韵的人。我去看他，冬天，他把每天三顿饭改成了一天吃两顿，我问他："改了？"他说：

  三顿饭一顿吃两碗，
  两顿饭一顿吃三碗，
  算来算去一般儿多，
  就是少抓一遍儿锅。

我研究了一下他的语言，除了押韵，还富于节奏感。"算来算去一般儿多",如果改成"算起来一般多",就失去了节奏,同时也就失去了情趣——失去了幽默感。语言的节奏决定于情绪的节奏。语言的节奏是外部的,情绪的节奏是内部的。二者同时生长,而又互相推动。情绪节奏和语言节奏应该一致,要做到表里如一,契合无间。这样写唱词才能挥洒自如,流利快畅。如果情绪缺乏节奏,或情绪的节奏和板腔体不吻合,写出来的唱词表面上合乎格律,读起来就会觉得生硬艰涩。我曾向青年剧作者建议用韵文思维,主要说的是用有节奏的语言思维。或者可以更进一步说:首先是使要表达的情绪有节奏。

板腔体的唱词是不好写的,因为它的限制性很大。听说有的同志以为板腔体已经走到了尽头,不能表达较新的思想,应该有一种新的戏曲体制来代替它,这种新的体制是自由诗体。这是有一定道理的。打破板腔体的字句定式,早已有人尝试过。田汉同志在《白蛇传》里写了这样的唱词:

> 你忍心将我伤,
> 端阳佳节劝雄黄;
> 你忍心将我诳,
> 才对双星盟誓愿,
> 又随法海入禅堂……

这显然已经不是"二二三"。我在剧本《裘盛戎》里写了这样的唱词:

> 昨日的故人已不在,
> 昨日的花还在开。

第二句虽也是七字句,但不能读成"昨日——的花——还在开",节奏已经变了。我也希望京剧在体制上能有所突破。曾经设想,可以回过来吸取一点曲牌体的格律,也可以吸取一点新诗的格律,创造一点新的格律。五四时期就有人提出从曲牌体到板腔体,从文学角度来说,实是一种倒退,这是有一定道理的。曲牌体看来似乎格律森严,但比板腔体实际上有更多的自由。它可以字句参差，又可以押仄声韵，不像板腔体捆得那样死。像古体诗一样，连有几个仄声韵尾的句子，然后用一句平声韵尾扳过来，我觉得这是可行的。新诗常用的间行为韵，ABAB，也可以尝试。这种格式本来就有。苏东坡就写过一首这样的诗。我在《擂鼓战金山》里试写过一段。但我以为戏曲唱词总要有格律，押韵。完全是自由诗一样的唱词会是什么样子，一时还想象不出。而且目前似乎还只能在板腔体的基础上吸收新的格律。田汉同志的"你忍心将我伤……"一段破格的唱词，最后还要归到：

手摸胸膛你想一想，
有何面目来见妻房？

板腔体是简陋的。京剧唱词贵浅显。浅显本不难，难的是于浅显中见才华。李笠翁说："能于浅处见才，方是文章高手。"怎样才能做到这一点呢？希望有人能从心理学的角度，作一点探索。

层次和连贯

曾读宋人诗话，有人问作诗的章法，一位大诗人回答说："只要熟读'打起黄莺儿，莫教枝上啼，啼时惊妾梦，不得到辽西'，就明白了。"他说的是层次和连贯。这首诗看起来一气贯注，流畅自然，好像一点不费力气，完整得像一块雨花石。细看却一句是一层意思。好的唱词也应该这样。《武家坡》：

> 这大嫂传话太迟慢，
> 武家坡站得我两腿酸。
> 下得坡来用目看，
> 见一位大嫂把菜剜。
> 前影儿看也看不见，
> 后影儿好像妻宝钏。
> 本当上前将妻认，
> 错认了民妻理不端。

不要小看这样的唱词。这一段唱词是很连贯的，但又有很多层次。"这大嫂传话太迟慢，武家坡站得我两腿酸"，是一个层次；"下得坡来用目看，见一位大嫂把菜剜"，是一个层次；"前影儿看也看不见，后影儿好像妻宝钏"是一个层次；"本当上前将妻认"是一个层次；"错认了民妻理不端"，又是一个层次。写唱词容易犯的毛病，一是不连贯，句与句之间缺乏逻辑关系，东一句，西一句。二是少层次。往往唱了几句，是一个意思，原地踏步，架床叠屋，情绪没有向前推进，缺乏语言的动势。后一种毛病在"样板戏"里屡见不鲜。所以如此，与"样板戏"过分强调"抒豪情"有关。过度抒情，这是出于对京剧体制的一种误解。

写一人即肖一人之口吻

这是很难的。提出这种主张的李笠翁，他本人就没有做到。性格化的语言，这在念白里比较容易做到，在唱词里，就很难了。人物性格通过语言表现，首先是他说什么，其次是怎么说。说什么，比较好办。进退维谷、优柔寡断的陈宫和穷途落魄、心境颓唐的秦琼不同，他们所唱的内容各异。但在唱词的风格上却是如出一辙。"听他言吓得我……""店主东带过了……"看不出有什么性格特征。能从唱词里看出人物性格的，即不止表现他说什么，还能表现他怎么说，好像只有《四进士》宋士杰所唱的：

> 你不在河南上蔡县，
> 你不在南京水西门！
> 我三人从来不相认，
> 宋士杰与你们是哪门子亲！

这真是宋士杰的口吻！京剧唱词里能写出"宋士杰与你们是哪门子亲"，是一个奇迹。"是哪门子亲！"可以入唱，而且唱得那样悲愤怨怒，充满感情，人物性格，跃然"纸"上，太难得了！

浅处见才

我们在改编《沙家浜》的时候，曾给自己规定了一个奋斗目标，希望做到人物语言生活化、性格化。这个目标，只有《智斗》一场部分地实现了。《智斗》是用"唱"来组织情节的，不得不让人物唱出性格来，因此我们得捉摸人物的口吻。阿庆嫂的"垒起七星灶"有职业特点的表现出她的性格的，除了"人一走，茶就凉"这一句洞达世态的"炼话"，还在最后一句"有什么周详不周详！"这一句软中硬的结束语，把刁德一的进攻性的敲打顶了回去。顶了一个脆。如果没有最后这句"给劲"的话，前面的一大篇数字游戏式的唱就全都白搭。

"宋士杰与你们是哪门子亲""有什么周详不周详"，都是口语。这就使我们悟出一个道理：要使唱词性格化，首先要使唱词口语化。

京剧唱词的语言是十分规整的，离口语较远，是一种特殊的雅言。雅言不是不能表现性格。甚至文言也是能表现性格的。"吾翁即若翁。必欲烹若翁，则幸分我一杯羹"，今天看起来是文言，但是千载以下，我们还是可以从这几句话里看出刘邦的无赖嘴脸。但是如果把这几句话硬撺在三三四、二二三的框子里,就会使人物性格受到很大的损失。

从板式上来说,流水、散板的语言比较容易性格化;上板的语言性格化,难。从行当上来说,花旦、架子花的唱词较易性格化,正生、正旦,难。

如果不能在唱词里表现出人物怎么说,那只好努力通过人物说什么来刻画。

总之,我觉得戏曲作者要在生活里去学习语言,像小说家一样。何况我们比小说家还有一层难处,语言要受格律的制约。单从作品学习语言是不够的。

时代色彩和地方色彩

按说,写一个时代题材的戏曲,应该用那一时代的语言。但这是办不到的。元明以后好一些。有大量的戏曲作品,拟话本、民歌小曲,给我们提供了大量的语言资料。晚明小品也提供了接近口语的语言。宋代有话本，有柳耆卿那样的词，有《朱子语类》那样基本上是口语的语录。宋人的笔记也常记口语。唐代就有点麻烦。中国的言文分家，不知起于何代，但到唐朝，就很厉害了。唐人小说所用语言显然和口语距离很大。所幸还有敦煌变文，《云谣集杂曲子》和"柳枝""竹枝"这样的拟民歌，可以窥见唐代口语的仿佛。南北朝有敕勒歌、子夜歌。《世说新语》是魏晋语言的宝库。汉代的口语究竟是什么样子的？《史记》语言浅近，但我们从"夥颐，涉之为王沉沉者！"知道司马迁所用的还不是口语。乐府诗则和今人极相近。《上邪》《枯鱼过河泣》《孤儿行》《病妇行》，好像是昨天才写出来的。秦以前的口语就比较渺茫了……无论如何，我们不能对一时代的语言熟悉得能和当时的人交谈！

即使对历代的语言相当精通，也不能用这种语言写作，因为今天的人不懂。

但是写一个时代的戏曲，能够多读一点当时的作品，在这些作品里"熏"——"熏"，从中吸取一点语言，哪怕是点缀点缀，也可以使一出戏多少有点时代的色彩，有点历史感。有人写汉代题材，案头堆满乐府诗集，早晚阅读，我以为这精神是可取的。我希望有人能重写京剧《孔雀东南飞》，大量地用五字句，而且剧中反复出现"孔雀东南飞，五里一徘徊"。

写历史题材不发生地方色彩的问题。我写《擂鼓战金山》让韩世忠在念白里偶尔用一点陕北话，比如他生气时把梁红玉叫做"婆姨"（这在曲艺里有个术语叫"改口"），大家都认为绝对不行。如果在他的唱词里用一点陕北话，就更不行了。不过写现代题材，有时得注意这个问题。一个戏曲作者，最好能像浪子燕青一样，"能打各省乡谈"。至少对方言有兴趣，能欣赏各地方言的美。戏曲作者应该对语言有特殊的敏感。至少，对民歌有一定的了解。有人写宁夏题材的京剧，大量阅读了"花儿"，想把"花儿"引种到京剧里来，我觉得这功夫不会是白费的。

写少数民族题材，更得熟悉这个民族的民歌。

我曾经写过内蒙和西藏题材的戏（都没有成功），成天读蒙古族和藏族的民歌。不这样，我觉得无从下笔。

我觉得一个戏曲工作者应该多读各代的、各地的、各族的民歌，即使不写那个时代、那个地区、那个民族的题材，也是会有用的。"冬雷震震夏雨雪，天地合，乃敢与君绝"，这样的感情是写任何时代的爱情题材里都可以出现的。"大雁飞在天上，影子落在地下"，稍为变一变，也可以写在汉族题材的戏里。"你要抽烟这不是个火吗？你要想我这不是个我吧？""面对面坐下还想你呀么亲亲！"不是写内蒙河套地区和山西雁北的题材才能用。要想使唱词出一点新，有民族色彩，多读民歌，是个捷径。而且，读民歌是非常愉快的艺术享受。

摘用、脱化前人诗词成句

这是中国传统戏曲常用的办法。

前人诗词，拿来就用。只要贴切，以故为新。不但省事，较易出情。

《裘盛戎》剧本，写"文化大革命"的动乱，抄家打人，徐岛上唱：

> 家家收拾起，
> 户户不提防。
> 父子成两派，
> 夫妇不同床。
> 访旧半为鬼，
> 惊呼热中肠。
> 茫茫九万里，
> 一片红海洋。

"家家收拾起，户户不提防"是昆曲流行时期的成语。"访旧半为鬼，惊呼热中肠"是杜甫诗。徐岛是戏曲编导，他对这样的成语和诗句是十分熟悉的，所以可以脱口而出。剧中的掏粪工人老王，就不能让他唱出这样的词句。

摘用前人诗句还有个便宜处，即可以使人想起全诗，引起更多的联想，使一句唱词有更丰富的含意。《裘盛戎》剧中，在裘盛戎被剥夺演出的权利之后，他的挚友电影女导演江流劝他：

> 这世界不会永远这样的不公正，
> 上峰何苦困才人！
> 人民没有忘记你，
> 背巷荒村，更深半夜，还时常听得到
> 裘派的唱腔，一声半声。
> 谁能遮得住星光云影，
> 谁能从日历上勾掉了谷雨、清明？
> 我愿天公重抖擞，
> 落花时节又逢君。

这最后两句，上句是龚定庵的诗，下句是杜甫诗。有一点诗词修养的读者（观众）听了上句，会想到"不拘一格降人才"；听了下句会想到"正是江南好风景"，想到春天会来，局势终会好转。这样写，有了好多话，唱词也比较有"嚼头"。

有时不直接摘用原诗，但可看出是从哪一句诗变化出来的。《擂鼓战金山》写韩世忠在镇江江面与兀术遭遇，韩世忠唱：

> 江水滔滔向东流，
> 二分明月是扬州。
> 抽刀断得长江水，
> 容你北上到高邮。
> 抽刀断不得长江水，
> 难过瓜州古渡头。
> 江边自有青青草，
> 不妨牧马过中秋！

"抽刀"显然是从李白"抽刀断水水更流"变出来的。

脱化，有时有迹可求，有时不那么有痕迹。《沙家浜》"垒起七星灶，铜壶煮三江"，是从苏东坡《汲江煎茶》"大瓢贮月归春瓮，小杓分江入夜瓶"脱化出来的。这种修辞方法，并非自我作古。

　　要能做到摘用、脱化，需要平时积累，"腹笥"稍宽。否则就会"书到用时方恨少"。老舍先生枕边常置数卷诗，临睡读几首。我们应该向他学习。

酒瓶诗画

阿城送我一瓶湘西凤凰的酒，说："主要是送你这只酒瓶。酒瓶是黄永玉做的。"是用红泥做的，形制拙朴，不上釉。瓶腹印了一小方大红的蜡笺，印了两个永玉手写的漆黑的字；扎口是一小块红布。全国如果举行酒瓶评比，这个瓶子可得第一。

茅台酒瓶本不好看，直筒筒的，但是它已创出了牌子。许多杂牌酒也仿造这样的瓶子，就毫无意义，谁也不会看到这样的酒瓶就当作茅台酒买下来。

不少酒厂都出了瓷瓶的高级酒。双沟酒厂的仿龙泉釉刻花的酒瓶，颜色形状都不错，喝完了酒，可以当花瓶，插两朵月季。杏花村汾酒厂的"高白汾酒"瓶做成一个胖鼓鼓的小坛子，釉色如稠酱油，印两道银色碎花，瓶盖是一个覆扣的酒杯，也挺好玩。"瓷瓶汾酒"颈细而下丰，白瓷地，不难看，只惜印的图案稍琐碎。酒厂在酒瓶包装上做文章，原是应该的。

一般的瓷瓶酒的瓶都是观音瓶，即观音菩萨用来洒净水的那样的瓶。如果是素瓷，还可以，喝完酒，摆在桌上也不难看。只是多要印上字画：一面是嫦娥奔月或麻姑献寿或天女散花，另一面是唐诗一首。不知道为什么，写字的人多爱写《枫桥夜泊》，这于酒实在毫不相干。这样一来，就糟了，因为"雅得多么俗"。没有人愿意保存，卖给收酒瓶的，也不要。

一九八八年九月十一日

书画自娱

《中国作家》将在封二发作家的画,拿去我的一幅,还要写几句有关"作家画"的话,写了几句诗:

  我有一好处,平生不整人。
  写作颇勤快,人间送小温。
  或时有佳兴,伸纸画芳春。
  草花随目见,鱼鸟略似真。
  唯求俗可耐,宁计故为新。
  只可自怡悦,不堪持赠君。
  君若亦欢喜,携归尽一樽。

诗很浅显,不须注释,但可申说两句。给人间送一点小小的温暖,这大概可以说是我的写作的态度。我的画画,更是遣兴而已。我很欣赏宋人诗:"四时佳兴与人同"。人活着,就得有点兴致。我不会下棋,不爱打扑克、打麻将,偶尔喝了两杯酒,一时兴起,便裁出一张宣纸,随意画两笔。所画多是"芳春"——对生活的喜悦。我是画花鸟的。所画的花都是平常的花。北京人把这样的花叫"草花"。我是不种花的,只能画我在街头、陌上、公园里看得很熟的花。我没有画过素描,也没有临摹过多少徐青藤、陈白阳,只是"以意为之"。我很欣赏齐白石的话:"太似则媚俗,不似则欺世"。我画鸟,我的女儿称之为"长嘴大眼鸟"。我画得不大像,不是有意求其"不似",实因功夫不到,不能似耳。但我还是希望能"似"的。当代"文人画"多有烟云满纸,力求怪诞者,我不禁要想起齐白石的话,这是不是"欺世"?"说了归齐"(这是北京话),我的画画,自娱而已。"只可自怡悦,不堪持赠君",是照搬了陶弘景的原句。我近曾到永嘉去了一次,游了陶公洞,觉得陶弘景是个很有意思的人。他是道教的重要人物，其思想的基础是老庄，接受了神仙道教影响，又吸取佛教思想，他又是个药物学家，且擅长书法，他留下的诗不多，最著名的是《诏问山中何所有》：

  山中何所有？
  岭上多白云。
  只可自怡悦，
  不堪持赠君。

  一个人一辈子留下这四句诗，也就可以不朽了。我的画，也只是白云一片而已。

一九九二年一月八日

自得其乐

孙犁同志说写作是他的最好的休息。是这样。一个人在写作的时候是最充实的时候,也是最快乐的时候。凝眸既久(我在构思一篇作品时,我的孩子都说我在翻白眼),欣然命笔,人在一种甜美的兴奋和平时没有的敏锐之中,这样的时候,真是虽南面王不与易也。写成之后,觉得不错,提刀却立,四顾踌躇,对自己说:"你小子还真有两下子!"此乐非局外人所能想象。但是一个人不能从早写到晚,那样就成了一架写作机器,总得岔乎岔乎,找点事情消遣消遣,通常说,得有点业余爱好。

我年轻时爱唱戏。起初唱青衣,梅派;后来改唱余派老生。大学三四年级唱了一阵昆曲,吹了一阵笛子。后来到剧团工作，就不再唱戏吹笛子了，因为剧团有许多专业名角，在他们面前吹唱，真成了班门弄斧，还是以藏拙为好。笛子本来还可以吹吹，我的笛风甚好，是"满口笛"，但是后来没法再吹，因为我的牙齿陆续掉光了，撒风漏气。

这些年来我的业余爱好，只有：写写字、画画画、做做菜。

我的字照说是有些基本功的。当然从描红模子开始。我记得我描的红模子是："暮春三月，江南草长，杂花生树，群莺乱飞。"这十六个字其实是很难写的，也许是写红模子的先生故意用这些结体复杂的字来折磨小孩子，而且红模子底子是欧字，这就更难落笔了。不过这也有好处，可以让孩子略窥笔意，知道字是不可以乱写的。大概在我十一二岁的时候，那年暑假，我的祖父忽然高了兴，要亲自教我《论语》，并日课大字一张，小字二十行。大字写《圭峰碑》、小字写《闲邪公家传》，这两本帖都是祖父从他的藏帖中选出来的。祖父认为我的字有点才分，奖了我一块猪肝紫端砚，是圆的，并且拿了几本初拓的字帖给我，让我常看看。我记得有小字《麻姑仙坛》、虞世南的《夫子庙堂碑》、褚遂良的《圣教序》。小学毕业的暑假，我在三姑父家从一个姓韦的先生读桐城派古文，并跟他学写字。韦先生是写魏碑的，但他让我临的却是《多宝塔》。初一暑假，我父亲拿了一本影印的《张猛龙碑》，说："你最好写写魏碑，这样字才有骨力。"我于是写了相当长时期《张猛龙》。用的是我父亲选购来的特殊的纸。这种纸是用稻草做的，纸质较粗，也厚，写魏碑很合适，用笔须沉着，不能浮滑。这种纸一张有二尺高，尺半宽，我每天写满一张。写《张猛龙》使我终身受益，到现在我的字的间架用笔还能看出痕迹。这以后，我没有认真临过帖，平常只是读帖而已。我于二王书未窥门径。写过一个很短时期的《乐毅论》，放下了，因为我很懒。《行穰》、《丧乱》等帖我很欣赏，但我知道我写不来那样的字。我觉得王大令的字的确比王右军写得好。读颜真卿的《祭侄文》，觉得这才是真正的颜字，并且对颜书从二王来之说很信服。大学时，喜读宋四家。有人说中国书法一坏于颜真卿，二坏于宋四家，这话有道理。但我觉得宋人书是书法的一次解放，宋人字的特点是少拘束，有个性，我比较喜欢蔡京和米芾的字（苏东坡字太俗，黄山谷字做作）。有人说米字不可多看，多看则终身摆脱不开，想要升入晋唐，就不可能了。一点不错。但是有什么办法呢！打一个不太好听的比方，一写米字，犹如寡妇失了身，无法挽回了。我现在写的字有点《张猛龙》的底子、米字的意思，还加上一点乱七八糟的影响，形成我自己的那么一种体，格韵不高。

　　我也爱看汉碑。临过一遍《张迁碑》，《石门铭》《西狭颂》看看而已。我不喜欢《曹全碑》。盖汉碑好处全在筋骨开张，意态从容，《曹全碑》则过于整饬了。

　　我平日写字，多是小条幅，四尺宣纸一裁为四。这样把书桌上书籍信函往边上推推，摊开纸就能写了。正儿八经地拉开案子，铺了画毡，着意写字，好像练了一趟气功，是很累人的。我都是写行书。写真书，太吃力了。偶尔也写对联。曾在大理写了一副对子：

  苍山负雪
  洱海流云

字大径尺。字少，只能体兼隶篆。那天喝了一点酒，字写得飞扬霸悍，亦是快事。对联字稍多，则可写行书。为武夷山一招待所写过一副对子：

  四围山色临窗秀
  一夜溪声入梦清

字颇清秀，似明朝人书。

我画画，没有真正的师承。我父亲是个画家，画写意花卉，我小时爱看他画画，看他怎样布局（用指甲或笔杆的一头划几道印子），画花头，定枝梗，布叶，钩筋，收拾，题款，盖印。这样，我对用墨，用水，用色，略有领会。我从小学到初中，都"以画名"。初二的时候，画了一幅墨荷，裱出后挂在成绩展览室里。这大概是我的画第一次上裱。我读的高中重数理化，功课很紧，就不再画画。大学四年，也极少画画。工作之后，更是久废画笔了。当了右派，下放到一个农业科学研究所，结束劳动后，倒画了不少画，主要的"作品"是两套植物图谱，一套《中国马铃薯图谱》、一套《口蘑图谱》，一是淡水彩，一是钢笔画。摘了帽子回京，到剧团写剧本，没有人知道我能画两笔。重拈画笔，是运动促成的。运动中没完没了地写交待，实在是烦人，于是买了一刀元书纸，于写交待之空隙，瞎抹一气，少抒郁闷。这样就一发而不可收，重新拾起旧营生。有的朋友看见，要了去，挂在屋里，被人发现了，于是求画的人渐多。我的画其实没有什么看头，只是因为是作家的画，比较别致而已。

我也是画花卉的。我很喜欢徐青藤、陈白阳，喜欢李复堂，但受他们的影响不大。我的画不中不西，不今不古，真正是"写意"，带有很大的随意性。曾画了一幅紫藤，满纸淋漓，水气很足，几乎不辨花形。这幅画现在挂在我的家里。我的一个同乡来，问："这画画的是什么？"我说是："骤雨初晴。"他端详了一会，说："经你一说，是有点那个意思！"他还能看出彩墨之间的一些小块空白，是阳光。我常把后期印象派方法融入国画。我觉得中国画本来都是印象派，只是我这样做，更是有意识的而已。

画中国画还有一种乐趣，是可以在画上题诗，可寄一时意兴，抒感慨，也可以发一点牢骚，曾用干笔焦墨在浙江皮纸上画冬日菊花，题诗代简，寄给一个老朋友，诗是：

新沏清茶饭后烟，
自搔短发负晴暄，
枝头残菊开还好，
留得秋光过小年。

为宗璞画牡丹，只占纸的一角，题曰：

人间存一角，

聊放侧枝花，

欣然亦自得，

不共赤城霞。

宗璞把这首诗念给冯友兰先生听了，冯先生说："诗中有人"。

今年洛阳春寒，牡丹至期不开。张抗抗在洛阳等了几天，败兴而归，写了一篇散文《牡丹的拒绝》。我给她画了一幅画，红叶绿花，并题一诗：

看朱成碧且由他，

大道从来直似斜。

见说洛阳春索寞，

牡丹拒绝著繁花。

我的画，遣兴而已，只能自己玩玩，送人是不够格的。最近请人刻一闲章："只可自怡悦"，用以押角，是实在话。

体力充沛，材料凑手，做几个菜，是很有意思的。做菜，必须自己去买菜。提一菜筐，逛逛菜市，比空着手遛弯儿要"好白相"。到一个新地方，我不爱逛百货商场，却爱逛菜市，菜市更有生活气息一些。买菜的过程，也是构思的过程。想炒一盘雪里蕻冬笋，菜市场冬笋卖完了，却有新到的荷兰豌豆，只好临时"改戏"。做菜，也是一种轻量的运动。洗菜，切菜，炒菜，都得站着（没有人坐着炒菜的），这样对成天伏案的人，可以改换一下身体的姿势，是有好处的。

做菜待客，须看对象。聂华苓和保罗·安格尔夫妇到北京来，中国作协不知是哪一位，忽发奇想，在宴请几次后，让我在家里做几个菜招待他们，说是这样别致一点。我给做了几道菜，其中有一道煮干丝。这是淮扬菜。华苓是湖北人，年轻时是吃过的。但在美国不易吃到。她吃得非常惬意，连最后剩的一点汤都端起碗来喝掉了。不是这道菜如何稀罕，我只是有意逗引她的故国乡情耳。台湾女作家陈怡真（我在美国认识她），到北京来，指名要我给她做一回饭。我给她做了几个菜。一个是干烧小萝卜。我知道台湾没有"杨花萝卜"（只有白萝卜）。那几天正是北京小萝卜长得最足最嫩的时候。这个菜连我自己吃了都很惊诧：味道鲜甜如此！我还给她炒了一盘云南的干巴菌。台湾咋会有干巴菌呢？她吃了，还剩下一点，用一个塑料袋包起，说带到宾馆去吃。如果我给云南人炒一盘干巴菌，给扬州人煮一碗干丝，那就成了鲁迅请曹靖华吃柿霜糖了。

做菜要实践。要多吃，多问，多看（看菜谱），多做。一个菜点得试烧几回，才能掌握咸淡火候。冰糖肘子、乳腐肉，何时粑软入味，只有神而明之，但是更重要的是要富于想象。想得到，才能做得出。我曾用家乡拌荠菜法凉拌菠菜。半大菠菜（太老太嫩都不行），入开水锅焯至断生，捞出，去根切碎，入少盐，挤去汁，与香干（北京无香干，以熏干代）细丁、虾米、蒜末、姜末一起，在盘中抟成宝塔状，上桌后淋以麻酱油醋，推倒拌匀。有余姚作家尝后，说是"很像马兰头"。这道菜成了我家待不速之客的应急的保留节目。有一道菜,敢称是我的发明:塞肉回锅油条。油条切段,寸半许长,肉馅剁至成泥,入细葱花、少量榨菜或酱瓜末拌匀,塞入油条段中,入半开油锅重炸。嚼之酥碎,真可声动十里人。

我很欣赏《杨恽报孙会宗书》:"田彼南山,芜秽不治。种一顷豆,落而为萁。人生行乐耳,须富贵何时。""人生行乐耳,须富贵何时",说得何等潇洒。不知道为什么,汉宣帝竟因此把他腰斩了,我一直想不透。这样的话,也不许说么?

一九九二年

徐文长论书画

文长书画的来源

徐文长善书法。陶望龄《徐文长传》谓:

> 渭于行草书尤精奇伟杰。尝言吾书第一,诗二,文三,画四,识者许之。

袁宏道《徐文长传》云:

> 文长喜作书,笔意奔放如其诗,苍劲中姿媚跃出。予不能书,而谬谓文长书决当在王雅宜、文徵仲之上。不论书法而论书神,先生者

诚八法之散圣，字林之侠客也。

陶望龄谓文长"其论书主于运笔，大概仿诸米氏云"。黄汝亨《徐文长集序》谓："书似米颠，而棱棱散散过之，要皆如其人而止。"文长书受米字的影响是明显的，但不主一家。文长题跋，屡次提到南宫，但并不特别地推崇，以为是天下一人。他对宋以后诸家书的评价是公正客观的，不立门户。《徐文长逸稿·评字》：

> 黄山谷书如剑戟，搆密是其所长，潇散是其所短。苏长公书专以老朴胜，不似其人之潇洒，何耶？米南宫一种出尘，人所难及，但有生熟，差不及黄之匀耳。蔡书近二王，其短者略俗耳。劲净而匀，乃其所长。孟頫虽媚，犹可言也。其似算子率俗书，不可言也。尝有评吾书者，以吾薄之，岂其然乎？倪瓒书从隶入，辄在钟元常荐季直表中夺舍投胎。古而媚，密而散，未可以近而忽之也。吾学索靖

书，虽梗概亦不得。然人并以章草视之，不知章稍逸而近分，索则超而傲篆……

文后有小字一行："先生评各家书，即效各家体，字画奇肖，传有石文"。这行小字大概是逸稿的编集者张宗子注的。据此，可以知道他是遍览诸家书，且能学得很像的。

徐文长原来是不会画画的。《书刘子梅谱二首》题有小字："有序。此予未习画之作"。他的习画，始于何时，诗文中皆未及。他是跟谁学的画，亦不及。他的画受林良的影响是有目共睹的。他对林良是钦佩的，《刘巢云雁》诗劈头两句就是："本朝花鸟谁第一？左广林良活欲逸"。林良喜画松鹰大幅，气势磅礴。文长小品秀逸，意思却好。如画海棠题诗："海棠弄春垂紫丝，一枝立鸟压花低。去年二月如曾见，却是谁家湖石西"，"一枝立鸟压花低"，此林良所不会。文长诗也提到吕纪，但其画殊不似吕。文长也画人物。集中有《画美人》诗，下注："湖石、牡丹、杏花，美人睹飞燕而笑"，诗是：

牡丹花对石头开，

雨燕低从杏杪来。

勾引美人成一笑，

画工难处是双腮。

　　这诗不知是题别人的画还是题自己的画的。我非常喜欢"画工难处是双腮"，此前人所未道。我以为这是徐渭自己的画，盖非自己亲画，不能体会此中难处。即此中妙处。文长亦偶作山水，不多，但对山水画有精深的赏鉴。他给沈石田写过几首热情洋溢的诗。对倪云林有独特的了解。《书吴子所藏画》："闽吴子所藏红梅双鹊画，当是倪元镇笔，而名姓印章则并主王元章，岂当时倪适在王所，戏成此而遂用其章耶？"倪元镇画花鸟，世少见，文长的猜测实在是主观武断，但非深知云林者不能道也。此津津于印章题款之鉴赏家所能梦见者乎！但是文长毕竟是花卉画家，他的真正的知交是陈道复。白阳画得熟，以熟胜。青藤画得生，以生胜。

论书与画的关系

《书八渊明卷后》云：

> 览渊明貌，不能灼知其为谁，然灼知其为妙品也。往在京邸，见顾恺之粉本曰断琴者，殆类是。盖晋时顾陆辈笔精，匀圆劲净，本古篆书家象形意。其后为张僧繇、阎立本，最后乃有吴道子、李伯时，即稍变，犹知宗之。迨草书盛行，乃始有写意画，又一变也。卷中貌凡八人，而八犹一，如取诸影，僮仆策杖，亦靡不历历可相印，其不苟如此，可以想见其人矣。

"书画同源""书画相通"，已成定论，研究美学，研究中国美术史者都会说，但说不到这样原原本本。"迨草书盛行，乃始有写意画"，尤为灼见。探索写意画起源的，往往东拉西扯，徒乱人意，总不如文长一刀切破，干净利索。文长是画写意画的，有人至奉之为写意花卉的鼻祖，扬州八家的先河，则文长之语可谓现身说法，夫子自道矣。袁宏道说："先生者诚八法之散圣，字林之侠客也。间以其馀旁溢为花草竹石，皆超逸有致"是直以写意画为行草字之"余"，不吾欺也。

论庄逸工草

文长字画皆豪放。陶望龄谓其行草书"尤精奇伟杰"；袁宏道谓其书"奔放如其诗"。其作画，是有意识的写意，笔墨淋漓，取快意于一时，不求形似，自称曰"涂"，曰"抹"，曰"扫"，曰"狂扫"。《写竹赠李长公歌》："山人写竹略形似，只取叶底潇潇意。譬如影里看丛梢，那得分明成个字？"《画百花卷与史甥，题曰漱老谑墨》："葫芦依样不胜揩，能如造化绝安排，不求形似求生韵，根拨皆吾五指栽。胡为乎，区区枝剪而叶裁？君莫猜，墨色淋漓两拨开。"他画的鱼甚至有三个尾巴。《偶旧画鱼作此》："元镇作墨竹，随意将墨涂（自注音搽），凭谁呼画里，或芦或呼麻。我昔画尺鳞，人问此何鱼。我亦不能答，张颠狂草书。"

《书刘子梅谱二首序》云：

> 刘典宝一日持己所谱梅花凡二十有二以过余请评。予不能画，而画之意则稍解。至于诗则不特稍解，且稍能矣。自古咏梅诗以千百计，大率刻深而求似多不足，而约略而不求似者多有余。然则画梅者得无亦似之乎？典宝君之谱梅，其画家之法必不可少者，予不能道之，至若其不求似而有余，则予之所深取也。

"不足""有余"之说甚精。求似会失去很多东西，而不求似则能保留更多东西。

但他并不主张全无法度。写字还得从规矩入门。《跋停云馆帖》云：

待诏文先生讳徵明，摹刻停云馆帖，装之，多至十二本。虽时代人品，各就其资之所近，自成一家，不同矣。然其入门，必自分间布白，未有不同者也。舍此则书者为痹，品者为盲。

《评字》亦云："分间布白，指实掌虚，以为入门"。在此基础上，方能求突破。"迨布匀而不必匀，笔态入净媚，天下无书矣。"

徐文长不太赞成字如其人。《大苏所书金刚经石刻》云："论书者云，多似其人。苏文忠人逸也，而书则庄。"《评字》云："苏长公书专以老朴胜，不似其人之潇洒，何耶？"他自作了解释：庄和逸不是绝对的，庄中可以有逸。"文忠书法颜，至比杜少陵之诗、昌黎之文，吴道子之画。盖颜之书，即壮亦未尝不逸也"。(《大苏所书金刚经石刻》)

同样，他认为工与草也是相对的，有联系的。《书沈徵君周画》：

世传沈徵君画多写意，而草草者倍佳，如此卷者乃其一也。然予少客吴中，见其所为渊明对客弹阮，两人躯高可二尺许，数古木乱云霭中，其高再倍之，作细描秀润，绝类赵文敏、杜惧男。比又见姑苏八景卷，精致入丝毫，而人吵小止一豆。唯工如此，此草者之所以益妙也。不然将善趋而不善走，有是理乎？

"善趋而不善走，有是理乎？"是一句大实话，也是一句诚恳的话。然今之书画家不善走而善趋者亦众矣，吁！

论"侵让"·李北海和赵子昂

《书李北海帖》：

李北海此帖，遇难布处，字字侵让，互用位置之法，独高于人。世谓集贤师之，亦得其皮耳。盖详于肉而略于骨，辟如折枝海棠，不连铁干,添妆则可,生意却亏。

"侵让"二字最为精到,谈书法者似未有人拈出。此实是结体布行之要诀。有侵,有让,互相位置,互相照应,则字字如亲骨肉,字与字之关系出。"侵让"说可用于一切书法家,用之北海,觉尤切。如字字安分守己,互不干涉,即成算子。如此书家,实是呆鸟。"折枝海棠,不连铁干",也是说字是单摆浮搁的。

徐文长对赵子昂是有微词的,但说得并不刻薄。《赵文敏墨迹洛神赋》云:

> 古人论真行与篆隶,辨圆方者,微有不同。真行始于动,中以静,终以媚。媚者盖锋稍溢出,其名曰姿态。锋太藏则媚隐,太正则媚藏而不悦,故大苏宽之以侧笔取妍之说。赵文敏师李北海,净均也。媚则赵胜李,动则李胜赵。夫子建见甄氏而深悦之,媚胜也。后人未见甄氏,读子建赋无不深悦之者,赋之媚亦胜也。

徐文长这段话说得恍恍惚惚，简直不知道是褒还是贬。"媚"总是不好的。子昂弱处正在媚。文长指出这和他的生活环境有关。《书子昂所写道德经》云：

> 世好赵书，女取其媚也，责以古服劲装可乎？盖帝胄王孙，裘马轻织，足称其人矣。他书率然，而道德经为尤媚。然可以为槁涩顽粗，如世所称枯柴蒸饼者之药。

论　变

书画家不会总是一副样子，往往要变。《跋书卷尾二首·又》记了一个有趣的故事：

> 董丈尧章一日持二卷命书，其一沈徵君画，其一祝京兆希哲行书，钳其尾以余试。而祝此书稍谨敛，奔放不折梭。余久乃得之曰："凡物神者则善变，此祝京兆变也，他人乌能

辨？"丈驰其尾，坐客大笑。

"变"常是不期然而得之，如窑变。《书陈山人九皋氏三卉后》云：

> 陶者间有变，则为奇品。更欲效之，则尽薪竭钧，而不可复。予见山人卉多矣，曩在日遗予者，不下十数纸，皆不及此三品之佳。瀚然而云，莹然而雨，泫泫然而露也。殆所谓陶之变耶？

书画豪放者，时亦温婉。《跋陈白阳卷》：

> 陈道复花卉豪一世，草书飞动似之。独此帖既纯完，又多而不败。盖余尝见闽楚壮士裘马剑戟，则凛然若罴，及解而当绣刺之绷，亦頳然若女妇，可近也。此非道复之书与染耶？

一九九二年六月酷暑中作

谈题画

题画是中国特有的东西。西方画没有题字的。日本画偶有题句,是受了中国的影响。中国的题画并非从来就有,唐画无题字者,宋人画也极少题字。一直到明代的工笔画家如吕纪,也只是在画幅不引人注意的地方写上一个名字。题画之风开始于文人画、写意画兴起之时。王冕画梅,是题诗的。徐文长题画诗可编为一卷。至扬州八怪,几乎每画必题。吴昌硕、齐白石题画时有佳句。

题画有三要。

一要内容好。内容好无非是两个方面:要有寄托;有情趣。郑板桥画竹,题诗:"衙斋卧听萧萧竹,疑是民间疾苦声。些小吾曹州县吏,一枝一叶总关情。"关心民瘼,出于至性。齐白石一小方幅,画浅蓝色藤花,上下四旁飞着无数野蜂,一边用金冬心体题了几行字:"借山吟馆后有野藤一株,花时游蜂无数。孙幼时曾为蜂螫。今孙亦能画此藤花矣。静思往事,如在目底"(白石此画只是匆匆过眼,题记凭记忆录出,当有讹字)。这实在是一则很漂亮的小品文。白石为荣宝斋画笺纸,一朵淡蓝色的牵牛花,两片叶子,题曰:"梅畹华家牵牛花碗大,人谓外人种也。余画其最小者。"此老幽默。寻常画家,哪得有此!

二要位置得宜。徐文长画长卷,有时题字几占一半。金冬心画六尺梅花横幅,留出右侧一片白地,极其规整地写了一篇题记。郑板桥有时在丛篁密竿之间由左向右题诗一首。题画无一定格局,但总要字画相得,掩映成趣,不能互相侵夺。

三最重要的是,字要写得好一些。字要有法,有体。黄瘿瓢题画用狂草,但结体皆有依据,不是乱写一气。郑板桥称自己的字是"六分半书",他参照一些北碑笔意,但是长撇大捺,底子仍是黄山谷。金冬心的漆书和方块字是自己创出来的,但是不习汉隶，不会写得那样停匀。

近些年有不少中青年画家爱在中国画上题字。画面常常是彩墨淋漓，搞得很脏，题字尤其不成样子，不知道为什么，爱在画的顶头上横写，题字的内容很无味，字则是叉脚舞手，连起码的横平竖直都做不到，几乎不成其为字。这样的题字不是美术，是丑术。我建议美术学院的中国画系要开两门基础课。一是文学课，要教学生把文章写通，最好能做几句旧诗；二是书法课，要让学生临帖。

一九九二年九月二十五日

岁朝清供

"岁朝清供"是中国画家爱画的画题。明清以后画这个题目的尤其多。任伯年就画过不少幅。画里画的、实际生活里供的，无非是这几样：天竹果、腊梅花、水仙。有时为了填补空白，画里加两个香橼。"橼"谐音圆，取其吉利。水仙、腊梅、天竹，是取其颜色鲜丽。隆冬风厉，百卉凋残，晴窗坐对，眼目增明，是岁朝乐事。

我家旧园有腊梅四株，主干粗如汤碗，近春节时，繁花满树。这几棵腊梅磬口檀心，本来是名贵的，但是我们那里重白心而轻檀心，称白心者为"冰心"，而给檀心的起一个不好听的名字："狗心"。我觉得狗心腊梅也很好看。初一一早，我就爬上树去，选择一大枝——要枝子好看，花蕾多的，拗折下来——腊梅枝脆，极易折，插在大胆瓶里。这枝腊梅高可三尺，很壮观。天竹我们家也有一棵，在园西墙角。不知道为什么总是长不大，细弱伶仃，结果也少。我不忍心多折，只是剪两三穗，插进胆瓶，为腊梅增色而已。

我走过很多地方，像我们家那样粗壮的腊梅还没有见过。

在安徽黟县参观古民居，几乎家家都有两三丛天竹。有一家有一棵天竹，结了那么多果子，简直是岂有此理！而且颜色是正红的——一般天竹果都偏一点紫。我驻足看了半天，已经走出门了，又回去看了一会。大概黟县土壤气候特宜天竹。

在杭州茶叶博物馆，看见一个山坡上种了一大片天竹。我去时不是结果的时候，不能断定果子是什么颜色的，但看梗干枝叶都作深紫色，料想果子也是偏紫的。

任伯年画天竹，果极繁密。齐白石画天竹，果较疏；粒大，而色近朱红。叶亦不作羽状。或云此别是一种，湖南人谓之草天竹，未知是否。

养水仙得会"刻",否则叶子长得很高,花弱而小,甚至花未放蕾即枯瘪。但是画水仙都还是画完整的球茎,极少画刻过的,即福建画家郑乃珖也不画刻过的水仙。刻过的水仙花美,而形态不入画。

北京人家春节供腊梅、天竹者少,因不易得。富贵人家常在大厅里摆两盆梅花(北京谓之"干枝梅",很不好听),在泥盆外加开光粉彩或景泰蓝套盆,很俗气。

穷家过年,也要有一点颜色。很多人家养一盆青蒜。这也算代替水仙了吧。或用大萝卜一个,削去尾,挖去肉,空壳内种蒜,铁丝为箍,以线挂在朝阳的窗下,蒜叶碧绿,萝卜皮通红,萝卜缨翻卷上来,也颇悦目。

广州春节有花市,四时鲜花皆有。曾见刘旦宅画"广州春节花市所见",画的是一个少妇的背影,背兜里背着一个娃娃,右手抱一大束各种颜色的花,左手拈花一朵,微微回头逗弄娃娃,少妇著白上衣,银灰色长裤,身材很苗条。穿浅黄色拖鞋。

轻轻两笔，勾出小巧的脚跟。很美。这幅画最动人处，正在脚跟两笔。

这样鲜艳的繁花，很难说是"清供"了。

曾见一幅旧画：一间茅屋，一个老者手捧一个瓦罐，内插梅花一枝，正要放到案上，题目："山家除夕无他事，插了梅花便过年"，这才真是"岁朝清供"!

一九九二年十二月三十一日

创作的随意性

我有一次到中国美术馆看齐白石画展。有一幅尺页，画的是荔枝。其时李可染恰恰在我的旁边，说："这张画我是看着他画的。荔枝是红的，忽然画了两颗黑的，真是神来之笔！"这是"灵机一动"，可以说是即兴，也可以说是创作过程中的随意性。

作画，总得先有个想法，有一片思想，一团感情，一个大体的设计，然后落笔。一般说，都是意在笔先。但也可以意到笔到，甚至笔在意先，跟着感觉走。

叶燮论诗，谓如泰山出云，如果事前想好先出哪一朵，后出哪一朵，怎样流动，怎样堆积，那泰山就出不成云了，只是随意而出，自成文章。这说得有点绝对，但是写诗作画，主要靠情绪，不能全凭理智，这是对的。

郑板桥反对"胸有成竹"，说胸中之竹，已非眼中之竹，笔下之竹又非胸中之竹。事实也正是这样。如果把胸中的成竹一枝一叶原封不动地移在纸上，那竹子是画不成的，即文与可也并不如是。文与可的竹子是比较工整的，但也看出有"临场发挥"处，即有随意性。

写字、作诗、作画，完成之后，不会和构思时完全一样。"殆其篇成，半折心始"。

也有这样的画家，技巧熟练，对纸墨的性能掌握得很好，清楚地知道，这一笔落到纸上，会有什么样的效果，作画是很理智的。这样的画，虽是创作，实同临摹。

一九九三年九月十一日

题画三则

(一)

"一路秋山红叶老圃黄花,不觉到了济南地界。到了济南,只见家家泉水,户户垂杨。"右引自《老残游记》。或曰:"这是陈辞滥调"。

陈辞滥调也好嘛,总比那些奇奇怪怪,教人看不懂的语言要好一些。现在一些画家、文学家,缺少的正是这种陈辞滥调的功夫!

一九九六年一月

(二)

天竹是灌木，别有草本者，齐白石曾画。他爱画草本天竹，因为是他乡之物。而我宁取木本者，以其坚挺结实，果粒色也较深。齐白石自画其草本天竹，我画我的，谁也管不着谁。

天竹和蜡梅是春节胜景，天然的搭配。我的家乡特重白色花心的蜡梅，美之为"冰心蜡梅"，而将紫色花心的一种贬之为"狗心蜡梅"。古人则重紫心的，称为"馨口檀心"。对花木的高低褒贬也和对人一样，一人一个说法，只好由他去说。

一九九六年一月

(三)

梅畹华家牵牛花碗大，人谓外人种也，余画其最小者。

齐白石为荣宝斋画笺纸并题。白石题语很幽默，很有风趣。

白石老人尝谓：吾诗第一，字第二，画第三。此言有些道理。画之品位高低决定画中是否有诗，有多少诗。画某物即某物，即少内涵，无意境，无感慨，无喜笑怒骂，苦辣酸甜。有些画家，功力非不深厚，但恨少诗意。他们的画一般都不题诗，只是记年月。徐悲鸿即为不善题画而深深遗憾。

我一贯主张，美术学院应延聘名师教学生写诗，写词，写散文。一个画家，首先得是诗人。

一九九六年一月

《中国京剧》 序

> 小小年纪,他就会唱:
> "一马离了西凉界。"
>
> ——卞之琳

卞之琳是浙江人,说起话来北方人听起来像南方话,南方人听起来像北方话。他大概不大看京剧,但是生活在北京这个环境里,大街小巷随时听得到京剧,真是"洋洋乎盈耳"。我觉得卞之琳其实是很懂京剧的。这个唱"一马离了西凉界"的孩子,不但会这句唱腔,而且唱得"有味儿",唱出了薛平贵满腹凄怆的感情。

京剧作为一种"非书面文化",其影响之深远,也许只有国画和中国烹饪可以与之相比。

京剧文化是一种没有文化的文化。京剧原本是没有剧作者的。唐三千,宋八百的本子不知是什么人,怎么"打"出来的。周扬说过京剧对于历史事件、历史人物往往是简单化的。但是人们容忍了这种简单化,习惯于简单化。有的京剧歪曲了历史。比如刘秀并没有杀戮功臣,云台二十八将的结局是很风光的,然而京剧舞台上演的是《打金砖》。谁也没有办法。观众要看,要看刘秀摔"硬僵尸"。京剧有一些是有文学性的,时有俊语,如"走青山望白云家乡何在"(《桑园寄子》)、"一轮明月照芦花"(《打渔杀家》),但是大部分唱词都很"水"。有时为了"赶辙",简直不知所云。《探皇陵》里的定国公对着皇陵感叹了一番,最后一句却是"今日里为国家一命罢休",这位元老重臣此时并不面临生与死的问题啊,怎么会出来这么一句呢?因为这一段是"由求"辙。《二进宫》李艳妃唱的是"李艳妃设早朝龙书案下"。张君秋收到一个小学生的信,说"张叔叔,您唱的李艳妃怎么会跑到书桌底下去设早朝呀?"君秋也觉得不通,曾嘱我把这一段改改。没法改,因为全剧唱词都是这样,几乎没一句是通的。杨波进宫前大唱了一段韩信的遭遇,实在是没来由。听谭富英说,原来这一段还唱到"渔樵耕读",言菊朋曾说要把这段教给他。听说还有在这段里唱"四季花"的。有的唱词不通到叫人无法理解,不通得奇怪,如《花田错》的"桃花怎比杏花黄"。桃花杏花都不黄,只因为这段是"江阳"。京剧有些唱词是各戏通用的,如〔点将唇〕"将士英豪,儿郎虎豹……"长靠戏的牌子〔石榴花〕〔粉蝶儿〕都是一套,与剧情游离。有的武生甚至把《铁笼山》的牌子原封不动地唱在《挑滑车》里。有的戏没有定本,只有一个简略的提纲,规定这场谁上,"见"谁,大体情节,唱念可以由演员随意发挥,谓之"提纲戏""幕表戏"或"跑梁子"。马长礼曾在天津搭刘汉臣的班。刘汉臣排《全本徐策》,派长礼的徐夫人。有一场戏是徐策在台上唱半天,"甩"下一句"腿",徐夫人上,接这句"腿"。长礼问:"我上去唱什么?"——"你只要听我在头里唱什么辙,缝上,就行了。"长礼没听明白刘汉臣唱的什么，只记住是"发花"辙。一时想不出该唱什么。刘汉臣人称"四爷"，爱在台上"打哇呀"，这天他又打开了哇呀，长礼出场，接了一句："四爷为何打哇呀？"

既然京剧是如此的没文化，为什么能够存在了小二百年，为什么会有那么多演员，有才华的演员，那么多观众，那么多戏迷，那么多票友，艺术造诣很深的名票？像红豆馆主这样的名票，像言菊朋这样下海的票友，他们都是有文化的，未必他们不知道京剧里有很多"水词"，很多不通的唱词？但是他们照样唱这种不通的唱词，很少人想改一改（改唱词就要改唱腔）。京剧有一套完整的程式，唱、念、做、打、手、眼、身、法、步。这些程式可以有多种组合，变化无穷，而且很美。京剧的念白是一个古怪的东西，它是在湖北话的基础上（谭鑫培的家里是说湖北话的，一直到谭富英还会说湖北话）形成的一种特殊的语言，什么方言都不是，和湖北话也有一定的距离（谭鑫培的道白湖北味较浓，听《黄金台》唱片就可发现）。但是它几乎自成一个语系，就是所谓"韵白"。一般演员都能掌握，拿到本子，可以毫不费事地按韵白念出来。而且全国京剧都用这种怪语言。这种语言形成一种特殊的文体，尤其是大段念白，即顾炎武所说的"整白"（相对于"散白"），不文不白，似骈似散，抑扬顿挫，起落铿锵，节奏鲜明，很有表现力（如《审头刺汤》《四进士》）。京剧的唱是一个更加奇怪的东西。决定一个剧种的特点的，首要的是它的唱。京剧之所以能够成为全国性的大剧种，把汉剧、徽剧远远地甩在后面，是因为它在唱上大大地发展了。京剧形成许多流派，主要的区别在唱。唱，包括唱腔和唱法，更重要的是唱法，因为唱腔在不同流派中大同小异。中国京剧的唱有一个玄而又玄的概念，叫做"味儿"，有味儿，没味儿；"挂"味儿，不"挂"味儿。这在外国人很难体会。帕瓦罗蒂对余叔岩的唱法一定不能理解，他不明白"此一番领兵……"的"擞"是怎么弄出来的。他一定也品不出余派的"味儿"。京剧的唱造成京剧鲜明的民族特点。在代代相传、长期实践中，京剧演员总结出了一些唱念表演上的带规律性的东西,如"先打闪,后打雷"——演唱得"蓄势",使观众有预感。如"逢大必小,逢左必右",这是概括得很好的艺术辩证法。如台上要是"一棵菜"——强调艺术的完整性。

京剧演员大都是"幼而失学",没有读过多少书,文化程度不高。裘盛戎说他自己是没有文化的文化人,没有知识的知识分子。但是很奇怪,没有文化,对艺术的领悟能力却又非常之高。盛戎排过《杜鹃山》,原来有一场"烤番薯",山上断粮,以番薯代饭,番薯烤出香味,雷刚惦记山下乡亲在受难,想起乡亲们待他的好处,有这样两句唱:

一块番薯掰两半,
曾受深恩三十年。

设计唱腔的同志不明白"一块番薯掰两半"是什么意思。盛戎说:"这怎么不明白?'一块番薯掰两半',有他吃的就有我吃的!"他在唱法上这样处理:"掰两半"虚着唱,带着遥远的回忆;"深恩"二字用了浑厚的胸腔共鸣,倾出难忘的深情。盛戎那一代的名演员都非常聪明,理解得到,就表现得出。李少春、叶盛兰都是这样。他们是一代才人,一批京剧才子。这一代演员造成京剧真正的黄金时期。为什么会这样?因为他们是在几代人积累起来的京剧文化里长大的。

京剧文化成了风靡全国的文化,一种独特的文化传统。这种文化不仅造就了京剧自身,也影响了其他艺术,诸如年画、木雕、泥人、刺绣。不能不承认,京剧文化是一种文化,虽然它是没有文化的文化。又因为它是没有文化的文化,所以现在到了"夕阳无限好,只是近黄昏"的时候。这是一种没有文化的文化,这是京剧走向衰落的根本原因。命中注定,无可奈何。

徐城北从事京剧工作有年。他是"自投罗网"。他的散文、杂文、旧体诗词都写得很好,但是却选中了京剧。他写剧本,写关于京剧的文章。用现在流行的说法,很"投入"。同时他又能跳出京剧看京剧，很"超脱"。他的文章既不似一般票友那样陈旧，也不像某些专业研究者那样罗嗦。他写过概论性的文章，写过戏曲史的札记，也写过专题的论文。他对"梅兰芳文化现象"的研究，我以为是深刻的，独到的。现在他又写了一本《京剧文化初探》，我以为开拓了一个新的领域。自来谈京剧的书亦多矣，但是从文化角度审视京剧的，我还没有见过。城北所取的角度，是新的角度。也许只有从文化角度审视京剧，才能把京剧说清楚。既然"初探"，自然是草创性的工作，要求很深刻、很全面，是不可能的。更深入的探求，扩大更广阔的视野，当俟来日。

一九九四年十一月三十日

好人平安

——马得及其戏曲人物画

我知道马得是由于苏叶的口头介绍。1991年秋，参加泰山散文笔会，认识苏叶，她不止一次和我谈起马得。

其后不久，马得到北京来，承蒙枉顾敝庐，我才得识庐山面目。马得修长如邹忌，肩宽平（欧洲人称这样的肩为"方肩"），腰直，不驼背。眼色清明，而微含笑意。留了一抹短髭，有点花白，修剪得很整齐。衣履精洁，通身干干净净，清清爽爽，很有艺术家的风度，照北京人的说法，是很"帅"。

马得是画家，看起来温柔儒雅，心气平和，但是他并不脱离现实，他对艺术、对生活的态度都是一个现实主义者。他爱憎分明，胸中时有不平之气，有时是相当激动的，对此世界的是是非非，并不含糊,也无顾忌,指桑骂槐,一吐为快。马得的一部分画,骨子里(此似是南京话)是一把辛酸和悲愤。他在《画戏话戏·〈杀四门〉》中写道:"……戏中的尉迟恭给人穿小鞋,想置人于死地……在那争权夺利、尔虞我诈的封建社会里,用给小鞋穿的手段来打击报复,是常有的事……其实生活中,给人小鞋穿者,哪会如此明明白白,他未见得跟你对话;那座城门,也未见得紧紧关着,有时倒是四敞大开,但你一走到门口,便像有自动装置似的'哐当'一声便关上了;你想上告么?也是麻烦得很,很难有澄清之日。"

画中的秦怀玉是浑身缟素,倒竖双眉,寥寥几笔,便表现出五内如焚的悲愤,而尉迟恭的老奸巨猾也跃然纸上。因为马得的画内涵上的悲剧性,就使他的画有较大的浑度和力度,不是一般的"游戏笔墨"。

但是马得是一个抒情诗人。他爱看戏,因为戏很美。马得能于瞬息间感受到戏的美,捕捉到美。他画戏是画戏中之诗,不求形似。他最爱画《牡丹亭》，这辈子不知道画了多少张。他画《牡丹亭》人物，只用单线勾成，线如游丝，随风宛转，略敷淡色，稍染腮红，使人有梦境之感。马得的许多画都有梦意，《游园·惊梦》如此，《拾画·叫画》如此，《蝴蝶梦》更是如此（此幅用深色作底子，人物衣着皆用白粉，更显得缥缥缈缈）。我们可以称马得为"画梦的人"。

黄苗子曾说过马得有童心，可谓知言。已经过了七十的人，还能用儿童一样天真的眼睛，儿童一样的惊奇看待人世，心地善良无渣滓，对生活充满了温暖的同情，诚属难得。仁者寿，马得是会长寿的，他还会画几十年，画出更多好画。

马得的人物画大体可分作两类。一类秀雅娴静，一类奔放粗豪。马得是漫画家。漫画家大都在线上下工夫，有笔无墨，马得很注意用墨，尤其是用水。他画的钟馗、鲁智深，都是水墨杂下，痛快淋漓，十分酣畅。画已经裱出了好几年，还是水气泱泱，好像才掷笔脱手。这和他曾经画过几年国画是有关系的。漫画家大都不善用色，间或一用，也都是满廓平涂,如画卡通。马得的画大都设色,是国画的淡设色,如春水秋月,不板滞,不笨重。他用于人物身上的淡色和舞台上的不尽相同。删除繁缛,追求单纯,点到而已。他爱用蛋清、豆绿,实际上舞台上的旦角很少穿这种颜色的褶子。他画《游园》中的杜丽娘,著银灰色的褶子,白裙,后面有淡淡青山一抹,和人物形成一个十字;这张画不但构图精致,颜色也极其清雅。马得爱画青褶子白裙(或"腰包")的妇女。他所画的最美的女性形象,我以为倒不是杜丽娘,而是《跃鲤记·芦林》里的庞氏。庞氏梳"大头",头上有几个银泡子,青褶子,白色的长裙,腰后可见长长的"线尾子",掩面悲泣,不胜哀婉,真美!我发现马得画人有一特点,爱画人物的后背。《贵妃醉酒》如此,《千里送京娘》如此,《断桥》也如此。中国戏曲表演讲究背上有戏,马得爱画背影,不知从何处悟得。马得画重韵律,重画面。他深明中国戏由动入静——亮相的重要性。他画人物亮"子午相""高低相",并由画面的需要而加调整,和戏有同有不同。难得的是画气势。《判官把路引，去捉负心人》一气呵成，无一笔犹豫，势如疾风骤雨，锐不可当。我以为这是一个杰作！

马得要出戏曲人物画选，不知是谁的主意（也许是马得点的名），叫我写一篇序。我乐于当一次差，但我对画、对戏都是一知半解，说不出几句"解渴"的话，郑板桥写过一副对联："搔痒不著赞何益，入木三分骂亦精"，我只能说一些似是而非的话，隔靴搔痒，——北京人叫做"间着袜子挠痒痒"。水平所限，只能如此，奈何奈何！

一个人爱才如渴，疾恶如仇，有抒情气质，有童心，此人必是好人。马得是好人，好人平安！

一九九六年